天才になるはずだった幼女は最強パパに溺愛される

登場人物紹介
character
シロが
拾ってきた狼。
サイズは
伸縮自在。
エンペラー
シロの「パパ」で
王国最強の特殊部隊
の隊長。シロを全力
で甘やかしている。
ブレイク
ブレイクの
部下。シロを溺愛
しすぎてやや
引かれ気味。
アニ
記憶も家族も
なくした幼女だが、
なんだかんだ毎日を
エンジョイ中！
シロ

可愛いものが
大好きすぎる
アイドル。
その実態は……
メロリ
セインバルト
王国の王太子。
シロのほっぺが
お気に入り。
殿下
ブレイクの部下。
唯一の常識人であり
特殊部隊の
ツッコミ役。
エルヴィス
特殊部隊に
所属する物腰
柔らかな
爆弾魔。
シリル

プロローグ

急激に意識が浮上し、私はふかふかのベッドで目を覚ました。

長い間寝ていたのか、目蓋《まぶた》は重たい。それでもなんとか目を開けると知らない天井があった。

あれ？　私、どうしてこんな所で寝てたんだっけ。覚えていない。それどころか他のことも何も思い出せない。自分の名前も、年齢も、こんなに体が重い理由もだ。何もかもが分からない。

なんとか手を持ち上げてみるとふくふくとしていて小さい。ぺたぺたと体を触ってみると自分がとても細くて小さいと分かった。冷静に物は考えられるし、目の前のものが何かは分かる。けれど自分に関する記憶だけがない。頭の中にある知識をどこで得たのかも覚えていない。

底知れぬ恐怖に襲われていると、目の前にひょっこりと男の人の顔が現れた。銀髪に緑目のとても綺麗な顔立ちの男の人だ。寝起きの目には眩しすぎる。

でも不思議なことに男の人の顔を見た瞬間、先程までの恐怖が薄らいだような気がした。

男の人は私に当然のように微笑むと、水がなみなみと入ったコップを差し出した。

「お、起きたな。水飲むか？　喉渇いただろ」

言われてみれば、喉はカラカラだった。

何者かも分からない人から飲み物をもらうのはよくないと頭の中の知識が私に伝える。だけど、この人にはなぜか警戒心が湧かず、言われるがままにコップを受け取ってしまう。コップに映った自分の姿は驚くことに、真っ白な髪に赤い目をしていた。

それから水を飲むために体を起こそうとしたけど、なぜか体に力が入らなくて起き上がることができない。どうしようかと思っていると、男の人が私を抱き起こして水を飲ませてくれた。

それから男の人は、どうして私がこんな状態になっているのかも説明してくれた。

なんでも森に捨てられていた私をこの銀髪美形の男の人が拾ってくれて今に至る、ということらしい。

なぜ森に……と思ったが聞く元気がない。

拾われた時の私は死にかけで、それからずいぶん長い間寝たきりだった。それで今は一人では起き上がれない状態になっているそうだ。まあそこはどうでもいいけど。覚えてないしね。

私が自分のことは何も覚えていないと伝えると、男の人は驚いたように目を丸くした後、ゆっくりと私の頭を撫でてくれた。

「――そうか」

「?」

どうしたんだろう。男の人は少し安心したような、残念なような顔をしていた。だけど、一瞬後にはにぱっと笑っていた。

「俺の名前はブレイク。今日から俺がお前の父親だ」

「ちちおや……？」

「ああ。パパと呼ぶように。さて、お前の名前を決めないとな——」

シロとふしぎな親子生活の始まり

「シロ〜」

ブレイク——もといパパに呼ばれて私は振り返った。

あの出会いの後、彼の一瞬の閃《ひらめ》きにより、私の名前はシロに決まった。

髪の毛が雪のように真っ白だからシロ。とても分かりやすい。その名前は、自分でも意外なほどすぐに馴染《なじ》んだ。

ちなみに私の目の色はパパと同じ赤色だった。恐らく血はつながっていないけれど、パパとおそろいの部分があって嬉しい。初めて見た時にはパパの瞳は緑色だったけど、本来の赤い瞳は目立つから普段はカラーコンタクトとやらをしてるらしい。初めてパパがカラーコンタクトを取って目の色が変わったのを見た時には驚いた。同じ理由でプラチナ色の髪も濃い目の銀髪に染めてるんだって。

それから、お医者さんの診断により、私の年齢は五歳くらいだと判明した。体は五歳児の平均を大きく下回っている。でもごはんをいっぱい食べてたらすぐに大きくなると思う。

さてあの時の「今日から俺がお前の父親だ」というパパの言葉は嘘ではなく、私はパパに引き取られ、パパを中心とした特殊部隊の皆さんにお世話になっている。

特殊部隊、というのはこの国——セインバルト王国の『特殊な』事件に対応する部隊のことだそうだ。国の守護を担当する騎士団や、王様たちの護衛である近衛兵とは違う。ちょっと変わった奴らが多いけど、皆いい奴だよ、と言うのはパパの言葉だ。

「特殊な事件って何？」という質問にはパパは笑って答えてくれなかったけど。

まあ、そんな訳で、今はまだ体が上手く動かないから、私はその特殊部隊の暮らす隊舎の中で看病されている。

パパの手には湯気の立つお皿の載ったおぼんがあった。

どうやら今日も私のごはんを持ってきてくれたらしい。

私が「どーぞ！」と言うとパパはいそいそと部屋に入ってくる。

それからベッドの隣にある椅子に座ると、おかゆを私の口に運んだ。

「はいあーん」

その言葉に口を開けると、柔らかいお米が口に入ってくる。おいしい。もっきゅもっきゅとお米を噛み、飲み込んだタイミングでパパが次の一口を差し出す。

パパはこうして、毎食嬉しそうにごはんを食べさせてくれる。まるで餌付《えづ》けだ。

いや、パパだけじゃない。パパが隊長を務める特殊部隊のみんなが私に優しくしてくれる。どうしてこんなに優しくしてくれるのか分からないくらいだ。

赤髪の人二人に水色の髪の人が一人。よく姿を見せてくれる三人とパパが今の私の『家族』のような感じだ。家族がどんなものか知識でしか知らないけど、この人達ともっと仲良くなって本当の家族のようになりたい。もちろん他の特殊部隊の人達とも仲良くなりたいと思っている。

なぜ私がパパの部下である特殊部隊の人達と接触があるかというと、私はパパの娘としてパパと一緒の部屋に住ませてもらっているからだ。

パパの部下のみんなと部屋から出た時に鉢合わせるのは分かるけど、わざわざみんながこの部屋を訪ねてくるのだ。なぜかパパではなく私に会いに。

子供が珍しいのかな？　向こうも仲良くなりたいって思っててくれたら嬉しいな。

「よ～し、よく食べられたな。シロは世界一かわいい五歳児だ」

ごはんを食べただけで、パパは大袈裟なくらい私を褒めてくれる。それだけで嬉しくなって次もいっぱい食べようと思っちゃうんだから、パパは子供の扱い方が上手い。乗せられちゃう私が単純なのかもしれないけど。

「かわいいな～シロ」

「しろ、かわいい？」

「お～、かわいいぞ～」

まだつたなくしか話せないけれど聞き返すと、パパが私の頬に自分の頬をくっつけて抱きしめてくる。

じんわりと気持ちが温まる。本当の名前も昔のことも覚えてないけど、それでいい。

なくなった記憶なんていらない、パパは私にそう思わせてくれた。

生を受けて推定五年、『シロ』として、私の新しい人生が始まった。

＊　＊　＊

それからもパパは付きっ切りでお世話をしてくれた。だけど数日が経ち、私が自力で体を起こせるようになったあたりでそろそろ仕事に復帰することになったらしい。といっても任務がない時は基本的に訓練しかしないらしいけど。特殊部隊隊長のパパにとって毎日訓練を行うのは立派な仕事だ。ちゃんと見送らなくては。

そんなふうに意気込む私の前でパパが取り出したのは、人を抱っこする用の紐だった。

「――ん？」

首を傾げて疑問符を浮かべる私に、パパは誰もが魅了されるような笑みで答えた。

「これがあれば一緒に訓練に行けるな！」

あれよあれよと言う間に私はパパの体に結び付けられてしまう。

そして気が付けば、私たちは特殊部隊専用の訓練場にいた。

「ここが外だぞー！」

パパの声に周りを見まわす。眩しくて広い。これが外。私は大きく息を吸い込んだ。

紐で結ばれてぶら下げられていることより興味が勝《まさ》って、周りに目をやる。

空が青くてとても綺麗。近くに尖《とが》った塔のようなものが見えるけど、あれが王城かな？

わあ、と思わず声を上げそうになった時だった。

「……隊長、それはちょっと……いや、ちょっとどころではなく可哀想じゃないですか？」

ドン引きの表情をした赤髪の隊員さんがパパに言った。

パパの体にくくりつけられて訓練参加ってもしかして変だったのだろうか？

だけどパパは何が可哀想なのか分からないといった顔で首を傾げる。

「なんのことだ」

「えっと……シロちゃんを引っ付けたまま訓練するんですか？」

パパはそんな隊員からの声は意に介さず、剣を準備している。移動の時は驚くほど揺れなかったけど、さすがにしゃがんだり立ち上がったりの動きをされると揺れてしまう。そんな私を赤髪の隊員さんが焦ったような目でちらちらと見ている。

「小さい子にそれは可哀想じゃ……」

「バカお前、シロを俺から離す方が可哀想だろ。実質シロは生まれたばかりの赤ちゃんみたいなもんだぞ！」

「それならせめて背中に背負ったら……」

「ああ？　常に見えないとシロが落ちた時にすぐ反応できないだろ！」

「あ、ですよね……」

ああ、撃退されてしまった。他の隊員の人もちらちらこちらを見ているけど、それ以上の反論はないようだ。

「シロだってパパといたいもんな～」

パパは私のつむじにキスしてくる。声だけでパパがご機嫌なのが分かる。

恐らく隊員さんの意見の方が正しいんだろうけど……パパと一緒にいたい、という気持ちが勝った。こくりと頷く。

「隊長、羨ましい……」

どこからかそんな声が聞こえてきたけど誰のものかは分からなかった。

しかし、子供を引っ提げて剣を振るって、なんか間抜けじゃないかな。でもそれを言ったら五歳にして赤子みたいにぶら下げられている私も間抜けか。

子育てもできて仕事もできる、おまけにルックスも申し分ないパパは完璧超人なのかもしれない。

多少ズレていてもせっかくのパパの優しさだしなあ……

そう、思ったのだけど。


「それじゃあ訓練を始めるぞー。どっからでもかかってこい」

パパが声を張って周囲に宣言する。

その瞬間、空気が変わった。訓練用の木剣《ぼっけん》を持った隊員達が目の色を変えて向かってくる。

「ぴっ⁉」

片手で私の背中を押さえ、ぐわんと動く。パパが振り下ろされた剣を避けたのだ。

ヒャッ！　今耳元で剣同士がぶつかったよ⁉

パパが激しく動くので私の体もそれに応じて揺れる。

「ぱっ、ぱぱ……」

やっぱり下ろしてと伝えようとしたら、また大きく揺れた。ダメだ、しゃべったら舌を噛みそう。

パパが上手に避けたり相手の剣を払ったりしながら、片手で私を押さえてくれてるから痛くはないんだけど……ちょっと酔ってきた。パパ気付いて。の、脳みそがシェイクされてるぅぅ。

そうして、私は訓練が終わるまで涙を垂れ流しつつ必死に耐えた。


「おえげろ……」

「シロ、大丈夫か？　……いや、大丈夫じゃないな」

やっとのことで訓練が終わり、ぐわんぐわん揺らされる時間は終わった。

そして今、抱っこ紐を外されてパパに抱っこされ、背中をポンポンされている。なので、おそらく青ざめているであろう私の顔はパパから見えていない。

いやパパ、背中ポンポンは嬉しいんだけど、今は下ろしてほしい。私は今胃の中のものをリバースしそうになってるんだよ。

口を開けたらうっかり何かが出そうになるからパパに下ろしてと伝えることもできない。

パパの綺麗な隊服に汚物を付けないよう、必死に吐き気を堪《こら》える。

ただ、吐き気はなんとか堪《こら》えることができても滲《にじ》み出てくる涙は止められない。

瞬《まばた》きを繰り返していると、隊員さんの誰かが気がついてくれたようだ。

「た、隊長！　シロちゃんが泣いてますよ⁉」

「何⁉　どうしたんだシロ？」

「ぱぱ……きもちわるい……」

その後どうなったかは私の名誉のためにも黙っておく。ただ一つ言えるのは、もう二度と抱っこ紐で訓練に参加したくはないということだ。次からは端で見学させてもらおう。

ごめんな、と謝るパパの声をバックに意識が遠のいていった。


誰かの話し声で目が覚める。私は片手で目元にかけられた何かをずらした。

どうやら目元に冷たいタオルを当てられた状態で部屋のベッドに寝かされていたようだ。

首を動かすとパパが隣に座っているのが見えた。

「パパ……？」

「シロ、起きたか。もう気持ち悪くないか？」

「うん」

さっきの醜態《しゅうたい》は思い出したくない。うん、もう忘れた。記憶から消去した。

ふるふると首を振って体を起こすと、部屋の中にはパパの他に三人のお兄さん達がいた。

もちろんみんな特殊部隊の隊員さんだ。私の部屋にも来たことがあるから顔も知っている。

どうやら話し声はこの人達のものだったらしい。

……あれ？　そういえばまだパパ以外の人の名前を知らないな。向こうにはパパが伝えていたからか元々私の名前を知っていたし、お互いに名乗るタイミングはなかった。

……どうしよう。今さら名前聞くのはちょっと申し訳ない。

「そういえばシロにはこいつらの名前教えてなかったな」

さっすがパパ！　シロと以心伝心！

パパの言葉で三人も名乗っていなかったことを思い出したようだ。三人が三人とも忘れていた、というような顔をしている。

「ああ確かに」

「はいはーい！　シロちゃん俺はねぇ……」

パパは我先にと挙手をしたお兄さんの言葉を遮《さえぎ》り、パパはさっきの訓練場でも私を気遣ってくれた赤髪の隊員さんを指さした。

「シロ、こいつはエルヴィス。特殊部隊唯一の常識人だ」

「よろしく、シロ。唯一の常識人といわれるのは悲しいが……概《おおむ》ねその通りだ」

「唯一の常識人……エルヴィス、さん？」

「エルヴィスでいいぞ。ついでに他の奴も呼び捨てでいい」

『唯一の常識人』というのは違和感のある紹介だけど、誰もパパの言葉を否定しない。

……わざわざ常識人って紹介が必要ってことは、そういうことだよね。パパを見てうっすらと思ってはいたけど、特殊部隊って変人ばかりなのかもしれない。もしかして特殊部隊って業務が特殊って意味じゃなくて所属している人達が特殊って意味なのかな？

手を挙げて聞いてみる。

「パパは常識人じゃないの？」

「ん？　常識なんかに囚われてたら特殊部隊の隊長なんてできないからな。俺は基本的にゴーイングマイウェイだ」

「なるほど！　パパかっこいい！」

「だろ～」

デレデレとした顔になったパパが私を抱きしめてくる。

「……かっこいいか？」

エルヴィスの呟きは私の耳には入らなかった。

そしてパパは次の人の紹介に移った。さっき意気揚々と自己紹介をしようとしてパパに遮《さえぎ》られた人だ。この人もエルヴィスと同じで燃えるような赤い髪をしている。

この人はよく部屋に遊びにきていたので、パパの次に馴染《なじ》みのある顔だ。よくというか、私の体調が悪くない日は必ず来ていた。子供好きなんだろうと思っていたんだけど。

「エルヴィスの弟のアニだ」

「兄弟だったんだ。弟なのにアニなの？」

「うわああああああああ!!　シロちゃんが俺の名前にツッコミ入れてくれたあああああ

あ!!」

「「「アニうるさい」」」

私以外の三人の声が揃った。だけどそんなことじゃ興奮した彼は止まらないようだ。

「シロちゃんかわいいねぇかわいいねぇ。ちっちゃくてふっくらモチモチで、かわいいの化身だねぇ。おれの遺産はシロちゃんにあげるからね」

余りの勢いに腰が引ける。これは子供好きというより――頭の中の知識がふさわしい四文字を導き出そうとするのを必死に止める。

「アニ、シロをおどかすな」

「やだな~冗談ですよ隊長。九割本気の」

「それは冗談って言わねぇんだよ」

エルヴィスがアニの頭を叩いた。さすが常識人と言われているだけはある。

それにしてもアニは綺麗な顔立ちをしてるのに中身が残念な人だ。じーっと見ていると、その視線に気が付いたパパがそっと私の頭を撫でた。

「シロ、確かにアニは性格に難ありだ。だが金はたんまり持ってるから、もし金に困ったらアニを頼れ。まあ俺がいるからシロが金に困ることは万が一にもないと思うが」

アニはパパのその言葉に文句を言う。だけどそれは緊急時の財布扱いをされたことではなく、普段から貢がせろという文句だ。やっぱり変わってる。

そしてパパは薄水色の髪をした儚《はかな》げな美青年を指さした。

「じゃあ最後に、このいつもニコニコしてるのがシリルだ。ガチの爆弾魔だからシリルが投げたもんには近付くなよ？」

「え」

「改めてよろしくね、シロ」

にっこりと微笑まれて、手を差し出されたけど……

この柔らかな笑顔の下にそんな危険が。差し出された手に思わず鼻を近付けて嗅《か》いでしまった。

スンスン……火薬の匂いはしない。

私はシリルの手を握り返してちょいちょいっと上下に振った。握手だ。

顔を上げると、儚《はかな》げな美青年は少し驚いたような顔をした。その顔はすぐに雪解けのようなふわりとした微笑みに変わる。本当に危ない人ほど普通の顔をしているってこういうことなんだろうな。

「あ！　シリルずるいぞ！　おれもシロちゃんと握手したい！　はいシロちゃん握手〜。爆弾魔の手なんてナイナイしようね」

アニがシリルから私の手を奪った。そのまま壊れ物を扱うような手つきでそっと手を包み込む。

「はぁ……ちっちゃい……かわいい……」

恍惚《こうこつ》とした表情のアニに、シリルが冷たい視線を向ける。爆弾投げないでね？

手を振りほどかれたシリルはその手をそのまま私の頭に乗せた。

私の頭をなでなでするると、シリルが呟く。

「うわぁ、さらさらだ。頭ちっちゃ……。かわいいなぁ。今度そんなかわいいシロにぴったりなかわいい爆弾の作り方を教えてあげるね」

「かわいい爆弾とは」

「てか五歳児に危険物扱わせようとすんなっつの」

エルヴィスが今度はシリルの頭を叩いた。正論すぎるツッコミだ。

さて、アニに手を握られ、シリルにひたすら頭を撫でられている状態からどうやって脱しようかと思っていると、パパが私を後ろから抱っこして救出してくれた。

パパは私を自分の片腕の上に座らせると、目を合わせてくる。

「どうだシロ、こいつらと仲良くできそうか？」

「うん！」

変わったところがあるけど、みんな悪い人達じゃないのはこの短い間でも分かっている。

「そうか。他の隊員達はまた追々紹介するな。そいつらとも仲良くしてやってくれ」

「はーい！」

元気よく返事をすると、パパは嬉しそうに微笑んだ。パパが嬉しそうにしていると私も嬉しい。

「──じゃあ自己紹介も済んだことだし、俺達はおいとましますね」

「「え～！」」

エルヴィスの言葉に二人が不満の声を上げる。

「シロは初めて外に出て疲れてるんだから、もう休ませてやろうな」

しかしエルヴィスの言い分は真っ当で二人は反論できなかったようだ。すごすごと扉の方に歩いていく。

それから各々《おのおの》別れの挨拶をして部屋を出て行った。

三人が出て行ったことで部屋の中が一気に静かになる。いや、さっきまでが賑《にぎ》やかすぎたのか。

「じゃあもう寝ようか。少し寝たとはいえまだ疲れてるだろ。ごめんなシロ」

「ううん。パパがシロを楽しませようとしてくれたのは分かってるよ」

問題は、パパも他の人達と同じように少し感性がズレていたということだ。でも私が寂しくないように側にいて、なおかつ楽しませようとしたその気持ちが嬉しかった。

パパの隣に寝転がると、首元までしっかり布団をかけられる。パパは隣で肘を支えに頭を起こし、布団の上から私のお腹をポンポンしてくれる。それだけで安心するというか、ちょっと眠くなる。

目を瞑《つぶ》ると自然と濃い一日が思い出される。その中でも三人の自己紹介はかなり印象に残っている。

「今日はね、常識人っていうのも立派な個性なんだってことを学んだよ」

「流石《さすが》シロ、五歳児の着眼点じゃないな」

「えへへ」

褒められてご満悦な私は、そのまま心地よい眠気に身を委《ゆだ》ねた。

次の日から私のリハビリが始まった。

目覚めてから約一か月寝たきりだった私の足はすっかり筋肉が落ちてしまっていた。

私の体が同じ年の子供よりもずいぶん細いことが、私の足を見た時のパパの渋い顔で分かった。怪我をしたわけでもないから、筋肉がつけば普通に歩いたり走ったりできるようになるらしいんだけどね。

そして今日は初めてのリハビリだ。頑張らなきゃ！

まずは部屋の床にマットを敷いて、パパに手伝ってもらって足のストレッチを行《おこな》っている。パパと私が暮らしている部屋は、結構広いのにベッドや机などの最低限の家具しかない。だから家具を部屋の端に寄せればスペースの確保はばっちりだ。

広いスペースでのびのびとリハビリができる……はずだったんだけど。

「シロちゃんがんばって〜！」

「おいアニ大きい声出すな。シロがビックリしちゃうだろ」

そうアニを注意するエルヴィスの隣にはニコニコと微笑むシリルがいる。

なんで三人ともいるんだろう……？　大の大人が三人も押しかけてきたせいで部屋がちょっと狭く感じる。

いざリハビリをしようというところで、三人は意気揚々《いきようよう》とこの部屋にやってきた。私の応援にきてくれたらしい。

賑《にぎ》やかだけど、応援してくれるのは嬉しい。

パパが足のストレッチをしてくれている間、上半身は暇なので三人に向けてちょいんちょいんと手を振ってみた。

「「「――――!!」」」

たったそれだけで三人のテンションが一瞬で上がったのが分かった。そこまで大袈裟に反応されるとリアクションに困る。でも嬉しいからもっといっぱい手を振っちゃう。

ちょいちょいと手を振る私に三人は全力でブンブンと手を振り返すから、私もさらに大きく手を振り返す。すると三人もさらに大きく手を振って――

「――楽しそうだなシロ」

ハッ！

パパの声で我に返った。手を振るのに夢中で完全に意識がトリップしていた。

三人もお手振り大会がいつの間にか終わり、俺達何してたんだろ……？　とでも言いたそうに首を傾げている。

いつの間にか私のストレッチを終えていたパパは呆れた様子を隠そうともせず三人を見た。

「シロはまだしも、お前らは一体何してんだ」

「いや～シロちゃんのかわいさに惑わされちゃって。シロちゃんは魔性だね」

「右におな～じ」

「不本意だけど右に同じ」

アニ、シリル、エルヴィスが順に口を開いた。

「うん、まあシロはかわいいから仕方ないな」

パパは一人で納得してうんうんと頷く。親バカだなぁ……

三人から視線を逸らし、パパは私の方に向き直った。

「じゃあちょっと自分で足を動かしてみるか。無理はしなくていいからな」

「は〜い」

寝転がったまま右足を持ち上げてみる。「全然力が入らない……」と思ったところで、ギャラリーから悲鳴が上がった。ギャラリーというか、主にアニだ。

「ひやああああああああ!! シロちゃんそんな細い足を持ち上げるなんて無茶なことして折れたりしない!?」

「折れないだろ」

「折れないと思うよ」

エルヴィスとシリルは、今回に限っては冷静だった。戦闘職らしいもんね。体のことは普通の人よりも知っているはずだ。まあそれを言ったらアニもそうなんだけど。

アニの悲鳴に顔をしかめたパパは三人に向けて言い放った。

「アニうるせぇ。おいお前ら、アニ連れて退場だ。ついでにシロのリハビリ中に来ることも禁ずる。シロの気が散ってしょうがないからな」

「「は〜い」」

「えぇっ!?」

聞き分けのいい二人は、不満そうに声を上げたアニを二人がかりで羽交《はが》い締《じ》めにして部屋から出て行った。

なんて素早い動き……、きっとエルヴィスとシリルはパパに怒られないギリギリのラインを見極めるのが上手いんだね。逆にアニはラインの見極めを誤って怒られるタイプとみた。

三人とも子供のようでついつい笑ってしまう。

「なんかみんなパパの子供みたいだね」

「あんなでかいガキ共なんかいらん。俺はシロだけで十分だ」

パパが本当に嫌そうな顔をするから、さらに笑ってしまう。

「ふふっ、でも賑《にぎ》やかで楽しいよ。お兄ちゃんができたみたい」

なんとなく口に出したけど、なんだかしっくりきた。うん、お兄ちゃん。三人ともお兄ちゃんって感じだ。

そう言うとパパは口をへの字に曲げたまま頷いた。

「……そうだな。俺はあいつらを自分の子供だとは思わないし、思いたくもないが、シロはそう思ってあいつらに接してやれ。きっと物凄く喜ぶ」

「うん！」

大きく頷いて、見上げたパパは慈愛のこもった眼差しをしていた。きっと口では自分の子供じゃないと言っていても、パパにとって特殊部隊の人達は家族みたいな存在なんだろうな。

そう考えたら胸がなんだかぽかぽかと温かくて、私も自然と笑顔になっていた。

それからリハビリをしてよく食べる、よく寝るを繰り返し、三日が経った。

パパ以外の大人はちょっと怖かったけど、特殊部隊のみんながあんまりにもグイグイくるし、あんまりにも優しいからあっという間に仲良くなった。

そして、みんなと仲良くなるにつれ私もどんどん自分から甘えることを覚えた。自分から言わないと甘やかしが行き過ぎて呼吸まで手伝いそうな勢いなんだもん。周りの大人達により、驚くほど短い期間で私の五歳児マインドは形成された。

「――あ、アニ、エルヴィスおはよ～」

パパと一緒に隊舎の食堂に向かう途中に二人がいた。せっかくなのでテコテコと歩いていき挨拶をする。

「あ、シロちゃんおはよ～」

「おはよう、シロ……ってええ!?　なんで歩いてるんだ!?」

アニはいつもどおりの笑顔、だけどエルヴィスは目を見開いて叫ぶ。

パパと顔を見合わせて首を傾げた。確かにこれまではパパに抱えられて移動してたけど……

「？　歩いちゃだめなの？」

「いや全然ダメじゃないけど！　シロがリハビリ始めたのって三日前だよな？」

「うん」

その通りだけど、どうしたんだろ。おかしなエルヴィス。

「回復が早すぎる!!」

「普通だろ」

「そりゃ隊長の基準ならそうかもしれませんけど！」

するとアニがぽんぽんとエルヴィスの肩を叩いた。

「兄さん何言ってんの。こんなにかわいいシロちゃんが常識の枠に収まるわけないでしょ。うーんシロちゃん、歩いてる姿もかわいいね～」

「お前の方が何言ってんの、だわ」

エルヴィスがそんなアニをジト目で見る。

兄弟喧嘩としてもくだらない喧嘩が幕を上げそうになった時だった。

「――あれ？　シロが自分で立ってる！」

廊下の角からシリルがひょっこりと顔を出してそう言った。そのままこちらに歩いて来る。それから私の前でしゃがんで、視線を合わせてくれた。

「シロ、歩けるようになってよかったねぇ。記念に僕の爆弾製造工房を案内してあげるよ」

「誰がそんな危険な場所に愛娘を行かせるか」

優しそうな笑顔でとんでもないことを言っている。パパが一瞬で突っ込みを入れていたけど、爆弾製造工房……ちょっと気になるかも。

そんな私の思いはそのまま顔に出ていたらしい。

「あ、隊長、シロちゃんが興味ありそうな顔してます」

「こ～らシロ、ないないだぞ」

パパもわざわざしゃがみ、私と目を合わせてシリルの工房には行かないように言う。

「はーい」

仕方ない。シリルの工房を見に行くのはもうちょっと大きくなってからにしよう。

それから全員で朝食を取りに食堂に行くことになった。

食堂には初めて来たけど、意外と広くかなりシンプルな造りだった。広い空間に飾り気のないテーブルとイスがただずらりと並んでおり、まさに食事をするためだけの空間といった感じだ。

特殊部隊は男所帯らしいし、わざわざ食堂を飾り付けようとする人はいなさそうだ。

そんな食堂にはもう既に先客が何人かいて、私が一歩食堂に足を踏み入れるとみんな何かしら声を掛けてくれた。内容は私の体調を心配するものから歩けるようになったことを褒めるものまで様々だ。

それぞれに返答しながら私達は料理を受け取り、空いている席に腰かけた。

私の目の前に座ったアニが、私越しにパパを妬《ねた》ましげに見る。

「……ずるい」

「何がだ」

「シロちゃんをお膝に乗せてることができですよ！」

アニが吼《ほ》える。

「しょうがないだろう。シロの座高に合う椅子がないんだから」

さもやむを得ないという顔をしながらもパパはドヤ顔だ。特殊部隊の食堂には大人用の椅子しかなかったのだ。一人で座ったらテーブルの天板が頭にぶつかってしまう。それでは食べにくいにも程がある。

なので、食べやすいようにとパパが私を膝の上に乗せてくれたのだ。

アニはそれが気に食わないらしい。

「隊長だけずるいですよ！」

「俺はシロの父親なんだから特別なのは当然だろ。文句言ってないでさっさと飯を食え」

アニはあっさりとパパに敗北し、大人しく食事を始める。

そんなアニには申し訳ないけど、私はいよいよごはんが食べられるのだとソワソワしている。なんてったって今日から普通のご飯とお肉が解禁なのだ。今まではおかゆやうどんのような柔らかいものばっかり食べてたから楽しみすぎる！

パパが料理人さんに頼んで私でも噛み切れるような肉料理を作ってもらったのだ。

私はお皿の上の肉料理を見て、ねだるように大きく口を開けた。

「パパっ！」

「はいはい、ちょっと待ってろよ。はいあーん」

「あーん」

すごい！　口に入ってきた瞬間からおいしい！　お肉はとっても柔らかいし、なにより味がしっかり付いてる!!

なにせ食事をした記憶もまるっとなくなっているから、気分は人生初のおいしい食事だ。

初めてのお肉は涙が出そうなくらいおいしかった。

歩けるようになってしばらく経ち、体力もついてきたある日、私は再びパパと訓練場に来ていた。

パパと手を繫いでちょこちょこ歩いていると特殊部隊のみんなが声を掛けてくれる。

「おはようシロ」

「おはよー」

「シロちゃんおはよう！　今日もかわいいね。昨日とは似て非なるかわいさ。日々進歩し続けるシロちゃんはまさに天使……」

「おはようアニ。今日も相変わらずだねぇ」

「おはようシロ、新しい小型爆弾作ったんだけどいるかい？」

「おはよ〜、シリル。いらないよ」

「しぃちゃんおはよ〜。またたび舐める？」

「猫じゃないからまたたびは舐めないよ」

お分かりだろうか、まともな——というか、余計な一言がない挨拶が最初しかない。最初の唯一シンプルな挨拶はエルヴィスだ。流石《さすが》常識人。そんなエルヴィスを応援しているよ。

さてそれから、大体人が集まってきたタイミングで訓練が始まる。

彼らは国勤めの戦闘職だし、もっと時間とかルールに厳しいのかと思ってたけどこれが意外にゆるい。そもそもパパの隊は訓練に来なきゃいけない訳じゃないんだって。

訓練するかしないかは自己判断に委《ゆだ》ねられているらしい。

とはいえ、弱くなって危ない目に遭うのは自分だから、大半の隊員は訓練に来る、ということらしい。厳しい規則があったら逆に守らなそうな人達ばっかりだし、そのやり方の方がこの部隊には合っているのかもしれない。

そんなことを考えながら訓練所の脇にあるベンチに座って足をぷらぷら揺らしていると、不意にパパから何かが手渡された。

「はい、シロ」

「はい。……はい⁉」

軽いテンションで渡されたから軽いのかと思ったら、思いのほかズッシリとした重みが手にかかり驚く。

落としそうになったのを慌てて胸に抱え直した。

パパに手渡されたものを目視した私はギョッとする。

さりげなくパパが渡してきたのは、紛《まご》うことなき剣だった。正確に言うと訓練用の木剣《ぼっけん》だけど。

おもちゃの剣というわけではなく、パパ達がいつも使っている木剣《ぼっけん》の少し短いバージョンだ。

ずっと持っていると手が疲れちゃいそうだったので私は剣の柄《つか》を持ち、剣先は地面に付けた。

嫌な予感がするけど、私は恐る恐るパパに尋ねる。

「パパ……私にこれをどうしろと？」

「シロと一緒に訓練しようかと思ってな。シロはかわいすぎるから自衛の手段を持っておいた方がいい。大丈夫、パパが付きっきりで教えてやるから」

「確かに！　こんなかわいいシロちゃんが攫《さら》われないわけがないですもんね！　名案だ。さっすが隊長！」

どこが名案だよ……とエルヴィスが呟いた。エルヴィスがこう言うってことは五歳児に剣術を習わせるのは普通じゃないってことだよね。

一瞬反射で断ろうとしたけど、生き生きとしているパパたちを見て少し考える。

剣を習うのが嫌なわけではない。毎日パパ達がかっこよく剣を振るう姿を見て憧れないわけはないのだ。

なら、ちょっとぐらいならやってみてもいいかもしれない。

「やる！」

ふんすと気合を入れる私をパパは抱き上げた。

「よーし、えらいぞ。ちゃんとパパがシロを一人前の剣士にしてやるからな～」

パパに頬同士をスリスリされる。

あれ？　さっきと目的変わってない？

そのままパパに訓練場のど真ん中まで連れていかれて、パパと向き合うような形で立つ。

もちろん二人とも訓練用の木剣《ぼっけん》を携えている。

訓練場には芝生の部分と砂の部分があり、今私達が立っているのは芝生の方だ。転んだりしても比較的怪我をしづらいというパパの配慮だ。厳しいのか過保護なのか分からないね。

「とりあえずシロの好きなように向かっておいで」

パパが心なしか嬉しそうにそう言ったので私はとりあえず剣を構える。構え方はいつもパパの訓練を見学していたから知っている。

剣を構えると不思議なことに、私の体は自然と動いた。

ヒュッ！

「！」

ガキィンッ！

私の放った一撃はいともたやすく受け止められる。

ニィッと笑ったパパに、私の体は間髪容《い》れず次の一撃を繰り出した。

だが、私の全力の攻撃は全てパパに片手で受け流される。私はすかさず体勢を立て直し、二撃、三撃と斬りかかった。

……うーん。パパ、全然余裕そう。私の剣戟《けんげき》を受け止めるばかりで自分からは一切攻撃を仕掛けてこないし。

こっちは本気で斬りかかっているのに、パパからすれば子猫にじゃれつかれているくらいの感覚なんだろう。体格も剣を握ってきた年数も違うから仕方がないと分かってるけど、どうしても一撃は入れたい、と体の中の何かが叫ぶ。

最後に強く剣を振るった。

「はぁっ！」

カキィンッ！

「――――ハァッ、ハァッ……」

結局、私の剣が吹き飛ばされたことで打ち合いは終わった。

私は膝に両手をつき、一気に息を吐き出す。そしてそのまま酸素を取り込むように荒い息を繰り返した。熱を持った体からいつのまにか出ていた汗は、ポタポタと地面に垂れて芝生を濡らしていく。

息を整えていると、草を踏む足音が近付いてきた。パパの足音だ。

ふわりとパパに抱き上げられる。パパの体は少しも熱くなっていないし、汗一つかいていなかった。

くやしい……

だが不服な私とは反対に、パパのテンションは高かった。鼻歌でも歌い出しそうな笑顔で、私のふくふくほっぺに何度もキスしてくる。

「やっぱりうちの子は天才だな。真剣に斬りかかってくるシロもかわいかったぞ」

そう手放しで褒められたら私だって悪い気はしない。

「えへへへ」

そうしてパパの首に抱きつこうとしたところで、手に違和感を覚えた。

両手を見つめる。なんかピリピリするし動きがカクカクする。

「どうした？」

「手が痺《しび》れちゃったかも」

興奮していたからすぐには気付かなかった。でもこんな小さな体で慣れない木剣《ぼっけん》を振り回したら手も痺《しび》れるよね。

少し慌てた様子のパパは、私を乗せていない方の手で、私の手をにぎにぎしてきた。

「痛いか？」

「ちょっと。でも大丈夫。それよりパパ、文句があるよ！」

「何がだ？」

「私は一生懸命頑張ってるのにパパは余裕そうにニヤニヤしてた……」

そういうの、煽《あお》ってるっていうんじゃないの？

だけどパパは私の抗議にも笑いで答えた。むぅ。

「ははっ、すまんすまん。お詫びに次はシロのやりたいことをやろう。何がしたい？　今日はもう好きなだけ構ってやるぞ」

額に軽いキス付きで世界一軽い謝罪をされた。むむむ。

好きなだけ構ってあげるって言われても、いつもこれ以上ないくらい構われてるし。

そんなんで機嫌なんて直るわけ……

でも、とちらりとパパを見上げる。

「アニが絵本くれたからパパに読んでほしい」

「ああ、読んであげるとも」

「剣じゃなくて、ボール遊びもしてほしい」

「それじゃあ今からやろう」

「夜ご飯のデザート、パパの分もくれる？」

「全部あげるよ。ご機嫌は直ったか？」

「直った！　ボール持ってくるね」

自分で思っていたよりも私はちょろかったらしい。

パパの腕から降りて、ボールを取りに走った私は、背後で交わされた会話など知る由《よし》もなかった。

＊＊＊ブレイク視点＊＊＊

「隊長」

シロを待つ俺のもとに、アニ、エルヴィス、シリルの三人がやってきた。

アニがキョロキョロと辺りを見回す。

「あれ？　シロちゃんどこ行っちゃったんですか？　せっかく飲み物とかタオルとか持ってきたのに」

「シロなら今ボールを取りに行ったぞ」

そう答えると、エルヴィスがギョッとする。

「え!?　まだ動くんですか？　シロちゃん最近歩けるようになったばっかりですよね」

「シロが俺とボール遊びしたいって言うんだよ。羨ましいだろ」

「「「羨ましい」」」

素直な三人の声が揃った。しかしすぐにシリルが首を振って呟いた。

「──にしてもシロの身体能力は半端じゃないね。もう自衛だけなら完璧なんじゃない？　剣の扱いは僕なんてすぐに負けちゃいそうだし」

「シリルは爆弾一筋だしな～」

「そもそもシロに訓練が必要って言ってましたけど、隊長が訓練の間、シロと離れるのが嫌だってだけじゃないんですか？」

「なんだよく分かったな」

エルヴィスの疑問に頷く。

「まあ俺も初めて剣を持たせてあそこまで使いこなすとは思ってなかったが」

シロの攻撃を簡単にいなせてはいたものの、その攻撃の鋭さに驚いたことには違いない。

そもそもシロに剣を習うことを勧めたのは、エルヴィスが指摘した通り建前にすぎない。

シロと戯《たわむ》れたかっただけだ。なんなら自分という最強の盾が常に一緒にいるのでシロには自衛など必要ない。木剣《ぼっけん》だって一応渡してはみたものの、五歳児にはまだ早いだろうと思ってもいた。

きちんと木剣《ぼっけん》よりも軽い、おもちゃの剣も用意してあったのだ。

しかし、そんな自分の予想をシロは軽々と超えた。

「動きが体に染みついてるんだろうなぁ……」

ぼんやりと呟く。

シロが自衛に十分なほど剣を扱えたことは僥倖《ぎょうこう》だ。だが、そこに至る過程を思うと手放しで喜べることではない。記憶を失ってなお、体が動きを覚えているほど五歳の少女であるシロは繰り返し剣を握っていたということだからだ。

シロの置かれていた環境を思うと、痛ましい気持ちになり俺は僅かに唇を噛んだ。

どことなく他の三人も雰囲気が暗くなる。その時だった。

「――パパ～！　ボール持ってきたよ！」

シロがボールを抱えて戻ってきた。小さなシロが抱えているとボールが大きく見える。

「……シロはかわいいなぁ」

「？　えへへ」

思わずシロを抱きしめると、シロはふにゃりと笑った。


それから日が暮れるまで遊んだ後、疲れてすっかり眠ってしまったシロをベッドに寝かせる。

むにゃむにゃと口を動かすシロの頭を撫で、額にキスを落とす。すると、シロの柔らかな白髪からはふわりとシャンプーの匂いが漂った。

スヤスヤと寝息を立てるシロを見て、この少女を拾った日を思い出した。

あれは自分が長年追っていた組織——人体実験を繰り返しているという噂があった——の本部を特定し、本隊が突入するために事前の調査をしていた時のことだった。誰も通らないような場所で、痩《や》せ細った白髪の少女が倒れているのを見つけたのだ。

慌てて少女の脈を確認すると、手首から弱い拍動を感じ、ホッと胸を撫で下ろしたことを今でも覚えている。少女の顔色は青白く、目蓋《まぶた》は固く閉じられていた。目の下にはその年齢にしては早すぎる濃い隈《くま》があった。年齢には似つかわしくない白髪と隈《くま》から見て、おそらく少女は組織の被検体として扱われていたのだろう。捨てられていたということは、失敗作だとでも思われたのかもしれない。

とりあえず連れて帰ろうと抱き上げた少女はあまりにも軽かった。

調査は終盤に差し掛かっていたため、俺は少女を連れて一旦王城に戻ることにした。


そんな昔のことを思い出しながら、眠っているシロの頬を人差し指でつつく。

「ずいぶんかわいい顔になったなぁ」

シロに聞かれたら微妙な顔をしそうだが、拾ったばかりの頃と比べると、彼女は幾分かふっくらとして子供らしい体型になっている。シロが成長していることが『親』として嬉しかった。

しかし、シロが『失敗作』にしてはあまりにも高い能力を開花させていることが気になる。

「さて、酒でも飲んで寝るか……ん？」

ベッドから身を起こそうとして、シロの手が自分のシャツを握りしめていることに気付く。

小さな手を離すことは簡単だが、何となくそれはしたくなかった。

起きかけた身体を戻し、小さな娘を優しく抱き寄せる。シロの寝息に眠気を誘われ、目を閉じた。

親として、この小さな温もりを守ろうと心に決めながら。

シロ、初めてのお留守番

「――おるすばん？」

ある日の朝、パパが私に今日はお留守番をしてほしいと言ってきた。

「ああ、パパ、今日はちょっと偉い人に呼ばれちゃったんだ。シロ、お留守番出来るか？　パパがいなくても泣かないか？」

「大丈夫！　まかせて！」

私はパパに向けて右手の親指を立てて応えた。

「……」

しかしパパの反応が芳《かんば》しくない。なんでだろう、とパパの視線を辿ると、私の左手に辿り着いた。

「あ」

私の左手は無意識にパパの隊服の裾を握りしめていたのだ。

「シロ、ごめんな。そりゃパパがいなかったら寂しいよなぁ」

パパはそんな私の頭を撫で、ギュッと抱きしめる。

「今日はエルヴィスが俺の代わりにシロの世話をしてくれるから、何か困ったら遠慮なくエルヴィスに言えよ？」

「分かった」

パパに心配を掛けないように笑顔で送り出そうとしたけど、やっぱりずっと一緒にいたパパがいなくなるのは不安だ。それがそのまま顔に出てしまったみたいで、パパはグッとなにかを堪《こら》えるような顔でため息を吐いた。そしてパパは横にいるエルヴィスの肩を掴む。

「いいかエルヴィス、こんなにかわいくてかわいいシロが誘拐されないようにしっかり見てろよ」

「もちろんです隊長」

エルヴィスが大きく頷いたのを見て、パパがこちらへ向き直り、再び私と目線を合わせるようにしゃがんだ。

「じゃあシロ、パパがいなくて寂しいだろうけど辛抱だぞ。なるべく早く帰ってくるからな。本当は行きたくないんだが……」

「パパ、お仕事は大事。がんばって働いてきてね」

私の頭に残された知識が偉い人には極力逆らっちゃいけないって言っている。

そう言うとパパは渋々頷き、もう一度私をぎゅっと抱きしめた。

「――ああ。パパは嫌だけど頑張ってくるよ」

「うん」

返事をして私もパパをぎゅうっと抱きしめ返す。

「何、この今生の別れみたいな雰囲気」

感動の別れに水を差すエルヴィスの呟きは無視する。パパも聞いていない。

「行ってくるよシロ」

「ん。いってらっしゃい」

最後に、私のおでこにちゅってしたパパは何度も振り返りながら出かけて行った。

パパの姿が見えなくなるとやっぱり寂しい。パパがいなくなって閉められた扉を見つめていると
エルヴィスが私の肩を叩いた。

「シロ、お昼まで何かしたいことある？」

「ん〜……ボール！」

「ボール遊びかな？」

「うん。一緒にボール遊びしよ」

「いいぞ。じゃあ庭に行こうか」

「うん」

なんだかんだ言っていても優しい。わざと明るい声をかけてくれたエルヴィスに私は大きく頷いた。

＊＊＊エルヴィス視点＊＊＊

「エルヴィス、ボール持ってきたよ」

シロが持ってきたのはボールとは呼べないボロボロの布で出来た球だった。

「シロ、そのボールはなんでそんなことに？」

「パパと遊んでたらどっか破れちゃうから、毎回縫《ぬ》って使ってるの」

確かにシロが手にしている布製のボールは歪《いびつ》な縫《ぬ》い目が目立っている。だが確かに使えないほどの破損ではないようだ。

「買い替えればいいのに」

「ううん、これがいいの」

シロは腕の中のボールをギュッと抱きしめた。初めて隊長におねだりして買ってもらったものなので本格的にダメになるまでは大事に使いたい、というシロの意を汲《く》んで隊長も新しいものは買わないでいるらしい。

俺達は適当な距離を取り向き合った。シロがボールを構える。

「それじゃあいくよー」

「よし来い」

かわいらしい声とともに、小さな体躯からボールが投げられた。

ビュンッ！

「え？」

ボールは俺の頬をチリッと掠り、到底ボールとは思えない音を立てて、通り過ぎていった。

恐る恐る背後を確認すると、ボールが衝突したと思われる木が抉《えぐ》れている。

俺の背中を冷や汗が伝う。確かに我らが隊長ならばボールで木を倒すなどあくびをしながらでも可能だが、シロもそれに近いことをやってのけるとは思ってもみなかった。

ニコニコ笑っているシロはこれでも軽く投げたつもりなのだろう、まだまだ余力がありそうだ。

「今度はまっすぐ投げれるように頑張る！」

表情はかわいいが実質死刑宣告だ。

控えめに言って生命の危機を感じる。

死因が幼女の投げたボールに当たったからなんて嫌すぎる！　そんなので喜ぶのはウチの弟だけだ!!

このままキャッチボールを続けたら間違いなく怪我をする。

ボールを破壊してしまえば続けなくて済むが、シロが大切にしているボールを故意に壊すことなどできない。

そして約三秒思考を巡らせた俺の決断は……

「――――シロ、俺ちょっと体調悪いからやっぱり中で遊ばない？」

俺は常識のある立派な大人だ。

こんな時、良識のある大人は子供を傷つけないように平然と嘘を吐くのである。


なんとか生命の危機を回避し、無事に昼食の時間になった。俺はシロと手を繋いで食堂に向かう。

「シロは何が好きなんだ？」

「おにく！」

初めて食べた時からシロは肉の虜《とりこ》になっているらしい。

「じゃあ今日もお肉にしようか」

「うん」

食堂では肉か魚のどちらかを自分で選べるようになっている。シロはもっぱら肉ばかり食べているらしい。

「はいシロちゃん。いっぱい食べて大きくなるんだよ」

「ありがとう！」

まだ分厚い肉が噛みきれないシロのために、薄くスライスされた専用メニューをシロは料理人から受けとる。

しかし、確かに肉自体は薄いが、その量は異常だった。

「シロ……それ全部食べるのか？」

「もちろん！」

シロのおぼんに載った皿の上には、シロの顔が隠れそうな程山盛りになった肉。

肉以外は俺の半分以下だが、五歳にしては明らかに大食いだ。普段あまり食事の時間が被《かぶ》らない俺は知らなかったが、この山盛りの肉と愛らしい少女のギャップが食堂の名物となっているらしい。

周りの人間は驚くことなくシロの姿を見守っている。

シロは作ってもらった自分専用の椅子を引っ張ってくるとその上に座り、手を合わせた。

「いただきまーす」

「めしあがれ」

一生懸命もっきゅもっきゅと肉を咀嚼《そしゃく》するシロは肉食動物の仔《こ》のようでかわいい。それは俺含め、見ている者全員の意見だろう。

「――ふう、おなかいっぱい」

ほのぼのとした気持ちで眺めていると、肉との格闘を終えて、シロが満足そうに椅子にもたれかかった。

腹がいっぱいになったからか、トロンと眠そうな目になっている。

「眠いのか？　お昼寝するか」

「ん……」

一応返事は帰ってきたが、シロの意識の半分はもう夢の中に旅立っているようだ。

シロを抱っこして部屋まで運び、ベッドに寝かせる。するとすぐに穏やかな寝息が聞こえてきた。

スヤスヤと寝息を立てるシロを確認し、俺はある人物を呼び出した。

＊　＊　＊

エルヴィスとご飯を食べてから、いつの間にか眠ってしまったみたいだ。ふわ、とあくびをして目蓋《まぶた》を開ける。エルヴィスおはよう、と言おうとしたのだけど、なんとそこにいたのはエルヴィスではなくアニだった。

「……ん？　なんでアニがいるの？」

目を擦《こす》りながら聞く。アニはいつも通り全力の笑顔でこちらに手を振る。

「寝起きのシロちゃんかわいい‼　兄さんにシロちゃんといてやってって言われたんだよ」

「そうなの……？」

パパから私を任されたエルヴィスが、私の側を離れるなんて、もしかして何かあったのかな？そう思うけど目の前のアニはニコニコしていて一切そんな気配を気取らせない。

「じゃあシロちゃんこれからどうする？　お外で俺と遊ぶ？」

「遊ぶ！」

でもこの人たちならきっと大丈夫だろう。うん、と体を伸ばしたら眠ったせいかすっきりしていた。まだまだ遊べそう！　アニに向かって元気よく手を挙げたら、でれっとアニの顔が緩んだ。

「何して遊びたい？」

「んとね、鬼ごっこ！」

「チョイスがかわいい!!」

この会話を繰り返していたら日が暮れることが分かっているので、私はベッドを降りて、アニの手を引いて庭へ向かった。

「じゃあシロちゃんは十数えたら俺を追いかけてね」

「うん分かった。い〜ち、に〜い……」

目を閉じて、ゆっくり十数える。

「――じゅうっ！」

数え終わって振り向くと、まだアニは私から少しだけ離れたところで手を振っていた。む、完全に子供扱いだけど……

ぽんっ。

「たっち」

近づいたら逃げられるし、アニの足の長さと私の足の長さでは追いつけないのは分かりきっている。――それなら、分からないように近づけばいいよね！

抜き足差し足でアニの所に近づき、背伸びして、アニの背中をタッチする。

すると、アニが目を見開いた。

「あ……」

シロの勝ち！　呆然とした顔ににこっと笑って手を振った。

「じゃあ次はアニが鬼ね！」

「あ、うん、分かった。じゃあ十秒数えるね」

「うん！」

よーし、今度こそスピード勝負だから出来るだけ遠くまで離れないとね！


「ゼー、ゼー……」

結局日が暮れるまで走り回って、私は一度も捕まらないまま鬼ごっこは終了した。手加減されたのかな？　とも思うけど、当のアニはぐったりとベンチに横になっている。私はそんなアニの体の上に座っている。

「アニ大丈夫？　これ痛くないの……？」

「大丈夫。かなり疲れただけだから。シロちゃんが俺の上に座ってるのは疲労回復のためだから」

心配してくれるシロちゃんマジで天使。そう言って、いい笑顔でサムズアップされると、多分大丈夫なんだろうなって感じがする。

「……痛くないの？」

「シロちゃん、羽のように軽いからね」

改めて聞くと、また素敵な笑顔が返ってきた。

「――うわぁ～、アニ顔がにやけてるよ？」

「シリル！」

そんなアニに苦笑していると、偶然通りかかったシリルが声をかけてきた。

するとアニがちょっとごめんね、と私の体を持ち上げてから、シリルの肩を叩く。

「タッチ」

「え？」

「誠に遺憾だが体力が底をついてしばらく動けそうにない。だからシリル、隊長が戻ってくるまでシロちゃんの面倒見て」

「はぁ、別にいいけど。アニがバテてるの珍しいね」

「色々あったんだよ……」

「ふーん。まあ良いや。シロおいで～」

「はーい」

あ、本当に体力の限界だったみたい。私はシリルにそのまま抱っこされる。

それから笑顔を向けてくれたアニに手を振った。

「アニばいばい」

「うん、またあとでね～……」

手を振り返した後、アニが力尽きてベンチに突っ伏したのが見えた。

し、心配……！　と思ったのだけどシリルはあっさりと歩き出してしまう。

「今から僕の試作品を爆破させようと思ってたんだけど、シロ見学する？」

穏やかな顔なのに、吐き出す言葉は誰よりも物騒だ。アニは大丈夫？　と聞いたら大丈夫なんじゃない？　と言われた。アニが大丈夫なら……

「見学する！」

「ふふっ、シロはかわいいねぇ。爆弾の次にかわいい」

「え、私、無機物に負けたの？」

「でもほぼ同率一位だよ」

「それは素直に喜べないかな」

自分がなんとも言えない顔になったのが分かる。シリルはにこにこ微笑んでそれ以上のことは言わない。

不思議な空気のままシリル専用の爆破場に到着した。広くて周りは石の壁で囲まれている。何やら奥の方には機械も積んであるようだ。

「爆破場って何？　前に言ってた工房とは違うの？」

「ここが出来る前はね、そこかしこで爆発させて備品とか建物を壊しまくってたから、爆弾を試すならここでやりなさいって偉い人が作ってくれたんだ。爆弾を作る工房はまた別の所にあるよ」

「よくクビにならなかったね」

「特殊部隊はみんな似たようなものだからね。いちいち目くじら立ててたら今頃全員クビになってるよ」

「あ、だから特殊部隊だけ別にやたらと広い訓練場があるの？」

私の問いにシリルはニッコリと微笑んで答えた。それだけで私は察する。

シリルは私を降ろすと、今から試すという爆弾の準備をし始めた。危なそうなので端の方にちょこんと座って待機する。

「シロ、準備できたからこっちおいで」

しばらくしてシリルにちょいちょいと手招きされたので寄っていく。そこには沢山のスイッチが置いてあった。

「地面の中に爆弾を仕掛けておいたから、今から順に爆破させてくよ」

「ほうほう」

シリルはまず一番左のボタンを押した。

ドオオオオオオオオオオン!!

ボタンを押すと同時に、爆音が響き渡り、遠くの地面が吹っ飛んだ。予想以上の威力に驚く。

「……シリルはどんな兵器を開発したいの?」

私の呟きはシリルに届かず、爆弾魔は高笑いしながら次々とボタンを押していく。

「はははははっ!! あっはははははははは!! ふははははははははは!! ね、綺麗だろうシロ!」

いつもは穏やかな笑みの人間が目をギラギラさせて高笑いしているのはかなり怖い。どうすればいいか分からないまま座っていると、爆弾の威力がどんどん大きくなっていく。最後の爆風と共に飛んできた砂が不運にも私の目に入った。

「いてっ」

目に砂が入ったことに驚き、私はギュッと目を瞑《つぶ》る。

「いたい……」

痛みに悶《もだ》えていると、何か温かいものに抱き上げられた。

「シリル、止めろ」

低い声が発されたのと同時に爆発音が止んだ。慣れ親しんだ声に私は目を瞑《つぶ》ったまま顔を上げる。

「パパ！」

「ただいま、シロ。すぐに目を洗いに行こうな」

目元にキスを落とされる。そこでようやくシリルは私がいたことを思い出したようだ。

「ああっ！　シロごめんね。すっかり忘れてたよ……」

「ん、大丈夫。パパが止めてくれたから」

「シロ、当分ここに来るのは禁止だ。シリルも、もうシロを連れ込むなよ」

「分かった」

「分かりました」

それだけ言うと、パパは私の目を洗うために早足で爆破場を後にした。

目の洗浄が終わると、パパにギュッと抱きしめられた。

「シロただいま」

「うん。パパおかえり」

みんなと楽しく遊んでいたけど、やっぱりちょっと寂しかったから私はギュウウウとパパにしがみついた。

「シロ、今日は楽しかったか？　パパがいなくて寂しくなかったか？」

「んとね、楽しかったけど、やっぱりパパと遊ぶのが一番楽しい！」

そう言って私もぎゅっと抱きつく。

「っ、シロ～！」

なにやら感激した様子のパパにぎゅむぎゅむ抱きしめられる。

たくさん動いたし、砂も浴びていて埃っぽいのであまりおすすめしないんだけどな！

「パパ、お風呂入りたい」

パパの胸を押してそう言うと、すぐに頷いてくれた。

「そうだな。汗を流しに行こう。あ、そうだ、今日は部屋風呂じゃなくて大浴場の方に行ってみるか。今なら誰もいないだろうから貸し切り状態だぞ」

パパの言葉に思わず顔を上げる。

「大浴場ってとってもおっきいお風呂？」

「そうだぞ～。そんでもって何個も湯船がある」

「いく！」

パパに連れて行ってもらった大浴場は本当に広くて驚いた。

泳げるほどの広さだよ、と前にシリルから聞いていたけど本当だった。

体を洗った後、思わず飛び込んでザブザブ泳いでしまった。

お風呂から上がって、パパが用意してくれた着替えを手に取る。

「……なに？　これ」

上衣と下衣が一体になっていて、柔らかな生地は真っ黒だ。フードには三角形の耳を模した布が付いている。パパを見上げると説明してくれた。

「これは着ぐるみっていうんだ。他にも色んな動物のものがあるが、今回は猫さんだぞ」

「ねこ！」

猫は知っている。たまに見かける野良猫を触りたいと思っていた。

「この腹の部分にボタンを外してから足を通すんだ」

「分かった！」

パパが腹のボタンを留めて、猫耳付きのフードを被《かぶ》せてくれるけど自分ではどんな姿になっているか分からない。私はパパの前でくるんと回ってみせた。

「どう？」

「——ぐっ！　かわいい!!」

短い呻《うめ》きと一緒にパパが私を持ち上げてぎゅうぎゅうと抱きしめる。聞きたかったのはそういうことじゃなかったんだけど。ちゃんと着られているならまあいいかな？

「似合いすぎる！　やっぱり俺の見立ては間違ってなかったな！」

フードの上から私の頭に頬を擦《こす》り付けるパパはまさに親バカそのものだろう。

「他のやつらにも見せてやろう。このシロを見ることができないのはさすがに可哀想だ」

そんな言葉で持ち上げられて、どこかへ連れていかれる。親バカにしか思えない言葉だけど、パパは本気で言っているのだろう。あれよあれよと言う間に脱衣所を出る。

脱衣所を出てすぐの所でシリルに遭遇した。

廊下を歩いていたシリルもこちらに気付く。

「先ほどはすみませんでした……って隊長、風呂行ってきたんですか。ということはもしかして腕の中にいるのはシロ？」

首を傾げたシリルがトコトコと歩いてくる。着慣れない服装なので、なんだか見られるのが恥ずかしくて、フードを被《かぶ》ったままパパの首に抱き着いた。

だけどやけにテンションの上がっているパパがとんとんと背中を叩く。

「ほらシロ、シリルの方を向いてやれ」

「……ん」

顔だけシリルの方へクルリと向けた。

「!!」

私の顔を見た瞬間、シリルはいつもの微笑みを浮かべたまま固まった。目を開いたまま微動だにしない。どうしたんだろう。急に固まったシリルに首を傾げる。

「シロがあんまりにもかわいいからシリルはびっくりしちゃったんだ」

「そんなまさか」

大袈裟な……と呟くとパパが片眉を上げる。

「パパは何も大袈裟なことなんて言ってないんだがな。……まあいい。ほらシリル、今なら特別にシロを抱っこさせてやるぞ。俺は今気分がいいからな」

「え!? いいんですか！ 抱っこします！」

固まっていたシリルは一瞬で復活すると両手を突き出してきた。まるで新しいおもちゃをもらう子供のような反応だ。爆弾以外では見たことがないキラキラした表情にびっくりする。

でもパパにはそれも予測の範疇だったらしく、にこにこ笑いながら私をシリルに渡した。

「ははっ。ほら、落とすなよ」

「は～い」

シリルがそっと私の体を抱っこする。シリルは腕の位置を調整してから、ほおっと息を吐いた。

「うわぁ、あったかい……というか熱い？ シロ、熱が出てるんじゃないんですか？」

「今は風呂上がりだからな。まあ普段も俺達よりは体温が高いぞ」

「へ～。それにすごく軽いですね。こんなに小さくて軽いのによく生きてるな……。ちゃんと内臓入ってる？」

顔をほころばせていたシリルは一転して真面目な顔になり、私の胸に耳を当てて心臓の鼓動を確認しようとする。さすがにびっくりして両手を前に出してシリルを止めようとした時だった。

「あー!! 何してんのさシリル!!」

階段を上がってきたアニが大声を上げて、ズンズンと歩いてくる。

「何ってシロの生存確認だよ。てかアニがうるさくてシロの心臓の音が聞こえないんだけど」

「かわいいシロちゃんが死んでるわけないだろ……って着ぐるみ姿、かわいすぎぎっ!?」

「今気付いたのかよ」

私が着ぐるみを着ていると認識した瞬間、アニがそのまま後ろに倒れた。直立の姿勢からそのまま倒れたため床に頭を打ち付けていたけど痛みは感じていないようだ。さすがというかなんというか……私はアニが心配だよ……

仰向けに寝転がったアニは宙を見つめながら呆然と呟く。

「ここは天国……？　そしてシロちゃんは俺を迎えにきてくれた天使……？」

「シロが天使なのは事実だが、今はどっからどう見ても黒猫だろ」

「無駄ですよ隊長。今そいつなんも聞こえてないですから」

「そうみたいだな」

シリルもアニも冷静なのが怖い。胸の前で手を組んでひたすら何かをブツブツと呟くアニはついにこの世界への感謝をも口にし始めていた。

そろそろ起き上がったほうがいいのではと思ったが口にはしない。この状態になったアニは何も聞いていないからだ。

それから何事か仕事の話をし始めたパパたちにエルヴィスが合流したところまでは覚えている。でもいつの間にか眠ってしまっていたようだ。

眩しくて目が覚める。よく寝たからかスッキリと起きられた。上半身を起こして伸びをする。

「ふぁ～。おはよう……ん？」

隣を見ても、一緒に寝ていたはずのパパがいない。起きた時にパパがいないのなんて初めてだ。

トイレかな？

「パパどこ？」

てててっと歩いていって確認するが、トイレのドアは開いていた。もちろん中には誰もいない。

また王城に呼び出されたのかな……？　いや、でもそれなら前日に何か言うはず……。朝から留守にするというようなことは聞いていない。

「パパ～？」

廊下に出てみたけれど、パパどころか人一人いない。うーん、パジャマ代わりの着ぐるみのままだけど……いいか。

私は誰かしらはいるであろう食堂に向かった。

「誰かいる？」

声をかけると食堂にいたのはエルヴィスだった。昨日は置いていってごめん、と眉を下げて謝られてしまう。大丈夫、と言って挨拶したけど不安がじわっと胸に湧いた。

もしかしてエルヴィスが昨日いなくなったことと今日パパがいないことは関係があるのだろうか？

「パパのこと見てない？」

「隊長なら来てないよ」

「……そっか」

エルヴィスに返したのは我ながら力のない声だった。

一体どこにいるんだろう。

「ちなみにどこにいるか分かったりとか……」

「ん～。部屋にもここにもいないんだったら訓練場じゃないかな」

「……ありがとう！　行ってみる！」

転ばないようにな、と言うエルヴィスに手を振って、私は訓練場に走って向かった。

訓練場に着くと、慣れ親しんだ銀髪が目に入った。

「ぱぱぁあああああああああ!!」

私はその背中に飛び付こうと全力で地面を蹴る。だが私とパパの間に誰かが割り込んできた。勢いは止められず、私は見事に誰かの背中に激突する。

ドスンと鈍い音がして割り込んできた男の人が倒れる。もちろん私も転んだ。

……どうしよう。思いっきり激突しちゃった。

私がぶつかった衝撃で男の人は軽く吹っ飛んじゃった。パパを見つけた喜びで周りが見えてなかったようだ。

「シロ!?」

私が額を擦《こす》りながら立ち上がると、目の前にパパがいた。長袖長ズボンの着ぐるみをそのまま着ていたおかげで怪我はしていない。

やっとパパに会えた私は嬉しくなってその場で跳び跳ねる。

「パパっ！」

「もう起きちゃったか。もしかしてパパのこと捜しに来たのか？」

「うんっ！」

その通りなので私は元気良く頷く。さっきまでのしょぼくれていた気持ちはどこかにいってしまった。

私の返事を聞いたパパは片手で顔を覆う。

「はぁ〜、俺の娘がこんなにかわいい。シリル今の聞いたか？　見たか？」

「はい。聞いてましたし見てましたよ。本当に、爆破したいくらいかわいいですね」

「やめろ」

「やめて」

パパと声が被《かぶ》った。

かわいいから爆破って、シリルの思考回路が気になる。しかもシリルの場合本気か冗談か分からないからまた質《たち》が悪い。いいよって言ったらほんとに爆破されちゃいそうだし。

そんなことを考えていると、こっちに近付いてきたシリルに脱げてしまったフードを被《かぶ》せられた。

「わぁ。かわいいね。今日はトラなんだ」

「うん。がうがう〜」

「かわいいっ！」

両手の指を軽く曲げてトラの真似をすると、シリルに抱き上げられた。

——っと、そうだ。さっきうっかり誰かを吹っ飛ばしちゃったんだった、謝らなくちゃ。

「シリル降ろして～。今ぶつかっちゃった人に謝らないと。ところでこの人って誰？　見たことない顔だけど……」

「ああ、この国の王太子だよ」

訊ねると、シリルが友達を紹介するかのようにさらりと言った。

「……ん？」

王太子って王位継承の順位が第一位の人のことだよね？　この知識が間違っていたらいいのにとこれほど思ったことはない。

私はゆっくりと下を見た。そこには高そうな服を着た金髪の青年が伸びている。

………わお。

今、五歳にして人生最大のやらかしをしてしまったかもしれない。

王族↓不敬↓処罰という図式が自然と私の頭に浮かんだ。

「パ、パパ。どうしよう」

「よしよし。こっちこい」

パパを捜しに来ただけなのにいつの間にか王太子様を吹っ飛ばしていたみたいだ。

私はパパの首にギュッと抱き着く。

「……私、誰かに捕まっちゃう？」

「そんな訳ないだろう、今のは完全な事故だったし、最悪殿下は事故死ってことで処理すればいい」

パパは私に慈愛の眼差しを向けてそう言った。内容は完全なる事実の隠蔽なのだけれど……。でもそうするしかないかな？　とまで思考が及んで、倒れている青年を見つめる。

「隊長、殿下死んでませんよ」

するといつの間にか来ていたエルヴィスが冷静にそう突っ込んだ。

「…………ん……」

「大丈夫ですか殿下」

エルヴィスが青年を起こすために手を差し伸べた。なんて常識的な行動なんだろう。

軽く錯乱していた私は常識人の常識的な行動にささやかな感動を覚えた。おお……と呟いたパパも恐らく同じ気持ちだろう。

意識を飛ばしていた青年は、頭を押さえて起き上がる。

「ん……なんでボクはこんな所に倒れて…………」

「どうやら殿下は転んで頭を打ってしまったようですよ。なので、今医務室に運ぼうか迷っていたところです」

エルヴィスは笑顔でしれっと嘘を吐いた。汚い大人だ。さっきの感動を返してほしい。

私は謝罪のできる五歳児なのでちゃんと謝るよ。

「ごめんなさい王太子殿下。パパに飛びつこうとしたら、殿下にぶつかっちゃいました」

私はパパの腕から下りてペコリと頭を下げた。青年、もとい殿下が冷たい視線を向ける。こんな視線をみんなからは浴びたことがないので新鮮だ。

「君が……？　イノシシがぶつかってきたと思うくらいの衝撃だったんだが……」

「おい殿下。花も恥じらううちの娘にイノシシとは失礼じゃないか？　五歳とはいえレディだぞ」

「ああ、……それもそうだな。すまない」

今度は頭を下げられる。あれ？　いい人？

「全く。まあウチの娘が殿下にぶつかってしまったからこの件は帳消しにしておいてやろう」

「ああ」

……なんでパパがちょっと偉そうなんだろう。そして殿下はちょろい。王族がこんなにちょろくていいのだろうか。

しばらくしても、殿下は訓練場から立ち去ることなく私のフードに付いた耳をいじっている。なんだろうこの状況。そもそも殿下がこんな所にいていいのかな？

「この珍妙な服はなんなんだ？」

殿下は着ぐるみを知らないらしい。確かに王族と着ぐるみって縁がなさそうだもんね。

「かわいいでしょ」

「うん、まあかわいいな……」

殿下は着ぐるみの手触りが気に入ったらしく、私の頭を撫でたり、着ぐるみの耳を指でつついたりと落ち着かない。ちなみに、私が今この高貴なお膝の上に乗っているのはパパが問答無用で乗せたからだ。なんでも殿下が私を抱っこしたがっている気配を感じたらしい。

なんでパパは国内最高権威ファミリーの一員にそんな強気なの？　殿下が嫌そうじゃないからいいけど。

着ぐるみを撫でていた手はいつの間にか私のほっぺをつつき始めていた。

「おお……」

殿下が小さく感嘆の声を上げる。お気に召したようで何よりだ。

むにむにむにむに。

「柔らかいな」

「そうだな。俺の娘は世界一かわいい」

「あれ？　ボクそこまで言ったっけ……？」

安心して殿下。言ってないよ。

親バカ耳は今日も絶好調だ。

それどころかパパは殿下の方に近づくと大げさに胸に手を当ててみせた。

「なあ殿下、こんなにかわいくて愛らしいシロが、俺が王城に呼ばれると一人で留守番をしなきゃならないんだよ。んでもって寂しくて泣いちゃうんだ。可哀想だと思わないか？」

「え、泣くのか。ふむ、それはまぁ、確かに可哀想だな……」

泣いてないから安心して殿下。そんな哀れんだ目をしなくてもいいから。

「そうか、賛同してくれるのか。それじゃあ今度から、王城での会議にシロを連れて行くのに口添えしてくれるってことだな」

「え⁉　ボクそんなこと言ったか⁉」

「言ったぞ。王族がそんな簡単に発言を翻《ひるがえ》していいのか？」

言ってないよ、殿下。なんでそんなにすぐ人の言葉を信じちゃうの？

「ぐぬっ、……仕方ない。分かった。ボクが口添えしてやろう。その代わり、ボクがコイツに会った時は好きなだけ抱っこさせろ」

「いいだろう。シロが嫌がらない範囲でだがな」

え？　いつの間にか話がまとまったんだけど。というか王太子様がこんなに流されやすくていいの？　この国大丈夫？

私の心配は顔に出ていたらしく、エルヴィスが私を安心させるように一つ頷いた。意外としっかり者なのかな……？

そして私は満面の笑みを浮かべたパパに再び抱き上げられた。

「やったなシロ！　これでずっと一緒にいられるぞ！」

パパが嬉しそうに頭に頬を擦り付けてくる。まあパパが嬉しいならなんでもいいや。

「うんっ！」

そうしてパパは見事殿下をだまくらかし、王城まで私を連れ歩く権利を得たのだった。

ま、殿下と会うのなんか今日だけだろうしね！

――と、思ってたんだけど、殿下はあの日以来割と頻繁に特殊部隊の隊舎を訪ねてくるようになった。

前まではお仕事で用がある時くらいしかわざわざ訪ねて来なかったらしいんだけど、今は軽い息抜き感覚で来る。王太子様も中々ストレスのたまる立場らしい。

人とのハグはストレスを緩和するって言うし、私は殿下が来たら無抵抗で抱っこされることにしている。あと、私は殿下に敬語も使っていない。どうやら殿下ってこの特殊部隊に予算なんかを出してくれているらしいんだけど、本当にいいのかな……？

ちなみにお名前は教えてくれなかった。『殿下』でいいらしい。

最初は頑張って敬語で話そうとしていたんだけど、距離を感じるって悲しそうな顔をしたので止めた。まあ私はまだ五歳だし、誰かに聞かれたとしてもギリギリ許されるでしょ！　……そういえばパパも殿下とタメ口で話している。

……まあパパだしね。

＊＊＊

そして殿下の訪問にも慣れたある日、特殊部隊の隊舎にはちょっと変わったお客さんが来ていた。

「コケッコケッ」

訓練場にニワトリが迷いこんできたのだ。せっかく今日はヒヨコの着ぐるみを着ていたので、後について歩く。傍からはさぞかし仲のいいニワトリ親子に見えることだろう。

ちょっとだけ余所見をしていたら、立ち止まったニワトリにぶつかった。モッフモッフの羽毛に全身が埋まる。

お、これは中々上質な羽毛。布団にしたらとってもあったかそうだ。

「ぴよぴよ」

「コケッ」

ぶつかってしまったことをヒヨコ語で謝る。ニワトリ語とヒヨコ語が一緒なのかは知らないけど。

立ち止まったニワトリに後ろから抱き付いてふわふわを堪能する。全然臭くないし羽も綺麗だ。冬はこの胸毛の下であったまりたいなぁ。

楽しんでいたら、パパの声がした。

「……シロ、そろそろ触れ合いは終わりにしてパパの腕に帰ってこい」

なんでひそひそ声？　あ、隣に殿下もいる。殿下がいるからこっそり話しているんだろうか。でもまだこのふわふわから離れる気にはならない。プイッと横を向く。

「嫌。シロはこのニワトリと一緒に大空を羽ばたくの」

「なんでちょっとヒヨコとしての自我が芽生えてるんだよ……。あとヒヨコもニワトリも大空は羽ばたけないからな」

「！」

そういえばそうだった。

殿下の言葉で私は人間としての意識を取り戻す。そもそも私は着ぐるみを着てるだけで、鳥類ですらなかった。危ない危ない。

もう一度ふわふわに顔を埋めてお別れしようかな。

そう思ったら、パパが緊張しきった声で告げた。

「あとシロ、さっきからあえてツッコまなかったが、それはニワトリじゃなくて怪鳥だ」

「え？」

赤いトサカがあればニワトリじゃないの？　たとえそれがパパよりおっきくても。

こっちにおいでと言うパパの下と向かおうとしたが、地面を蹴る感覚がない。

いつの間にか、私の足は宙に浮いていた。

「んん？」

「シロっ!!」

パパが名前を叫ぶ。パパの視線を追って上を見ると、大きなくちばしが着ぐるみのフード部分を咥《くわ》えていた。くちばしの隙間からは涎《よだれ》が垂れてくる。

これはあれか、私、もしかして捕食されようとしてる……？

「ぴよーーーーーーーー!!」

私はやっと自分の置かれている状況を理解し、絶叫した。助けを求めパパに手を伸ばす。

こいつそんなに危ないやつだったの!?

図鑑で学んだからニワトリの外見は分かるけど実際のサイズ感なんて知らないし！

うっかり食べられそうになっちゃってるよ。食物連鎖でニワトリが私の上にきちゃってるよ。

「ふわふわに騙されたよぉ！　危険なら危険ですって自己申告してきてよ!!」

「それはさすがに無理があるだろ」

殿下冷静だね。私もピンチ過ぎて逆に冷静だよ。

そしてニワトリモドキが本格的に私を食べようと、空に私を放り投げた瞬間、パパの声がずいぶんと近くで聞こえた。

「――かわいいかわいいシロを食べようとするなんてお前、見る目がないな」

いつの間にかパパがニワトリモドキの頭の上に立っている。

いつもよりも声のトーンが大分低い。魔王かな？　ってくらいまとっているオーラが黒いし、怒っていることが一目で分かる。

「焼き鳥にしてやる！！」

パパが吼《ほ》えた。やっぱり怒ってたみたい。

パパがニワトリモドキの頭を思いっきり蹴る。その衝撃でくちばしが開いた。

「ひゃっ!?」

地面に向かって落下していく私をいつの間にか真下にいた殿下が受け止めてくれた。

そのままよしよしと頭を撫でられる。

「シロ、これに懲《こ》りたらこれからは得体の知れないモノに無闇矢鱈《むやみやたら》と近付いてはだめだ。いいな？」

「はい……」

それは今回のことで痛感した。危なそうなものには近づかない。うん、肝に銘じておこう。もしかして今回のこれは教訓のためにわざと最初は放置されてたのかな。だとしたらかなり危険な教育法だ。その分効果は絶大だけど。

そして殿下は私を抱っこしたままどこかへと向かっていく。

「殿下、どこ行くの？」

「ん？　とりあえずこの隊舎にある客室だ。シロに変な光景は見せたくないからな」

変な光景……って、あれかな、焼き鳥用の肉の解体作業。

チラリと後ろを向こうとしたけど、殿下に目隠しされたので見えなかった。うん、つい振り向いちゃったけど見えなくてよかったかも。

私は前を向き、大人しく殿下の腕の中に収まった。すると殿下がまた頭を撫でる。

「賢明な判断だ」

「私もそう思う」

私はコクリと頷いた。我ながらナイス判断。

「ふふ、かわいいなぁ。よし、ブレイクが迎えに来るまでボクが遊んでやろう。いつも長い時間は遊べてないからな」

「ぴよ？」

殿下は満面の笑みを浮かべ、私を客室まで連行した。

それから、殿下は本当に全力で私に構ってくれた。

笑顔の殿下に抱っこされ、高い高いをされ、さらに昼寝の時間で眠くなると膝の上でポンポンされてそのまま寝かしつけられた。まさに至れり尽くせりって感じ。本当ならこっちが尽くさないといけない立場なんだけど。

このまま調子に乗ったら不敬罪待ったなしだな……と、私は微睡《まどろ》みの中で思った。

どれくらい寝てたんだろう……。殿下の話し声でうっすらと意識が浮上した。

殿下と誰かが話してるっぽいけど聞いたことのない声だ。殿下の部下さんかな……？

遠そうだけど、集中したら聞こえる気がした。キン、と鼓膜の中で音が響いてから、やけにクリアに殿下と誰かの声が聞こえてくる。

「――――ですか？」

「ああ、だってボクのお気に入りが危険に晒されたんだぞ？　特殊部隊内の警備内容を改めて見直せ。問題が発覚したら即人員を入れ替えろ。あのサイズの変異種を見逃すなんて怠慢にも程がある。今回は幸いにも特殊部隊の隊舎に現れたからシロの教訓になっただけで済んだが――二度目はないぞ」

「ハッ！」

聞いているだけで緊張感の伝わる会話。覚えのある冷たさにざわっと鳥肌が立った。

……………殿下が黒い。最後の二度目はないってとこ、声が異様に低かったんですけど。

にしても変異種ってなんだろう。妙に耳馴染《なじ》みのある言葉なんだけど思い出せない。

その後、足音が離れていき、扉が開閉する音が聞こえたので部下の人は出ていったのだろう。それから部屋に沈黙が落ちる。

……よし、私は寝てた。何も聞かなかったことにしよう。なんなら今も絶賛お昼寝中だ。ぐーすこぴよぴよだ。

目を瞑《つぶ》ったままでいると殿下が頭を撫でた。ほっぺたを軽くつまみ、ムニムニとこねる。その手つきにさっき聞こえていた冷たさは欠片もない。

……この人ほんとにやわらかいもの好きだな。

しばらくの間ひたすら寝たフリをしていると、また扉の開閉音がした。

そして聞き馴染《なじ》んだ声が耳朶《じだ》を擽《くすぐ》る。

「殿下、さっさとウチの娘を返してもらおうか」

「ぱぱああああああ!!」

私は殿下の膝の上でガバリと起き上がり、パパに駆け寄った。勢いよく飛び付いた私をパパは優しく受け止めてくれる。

「ははは、やっぱりシロはパパがいいんだなぁ」

抱き上げられておでこにキスされる。そしてパパは殿下の方へと顔を向けた。見えないけれどパパがどんな顔をしているかすぐに分かる。

「……パパ、殿下にドヤ顔しなくていいから」

「シロは殿下よりもパパの方が好きだもんな～。そうかそうか、ちゅーしてやろう」

今度は頬にむちゅちゅちゅっとキスを落とされる。パパ私、何も言ってないよ。

そして殿下は何で悔しそうな顔してるの。

「クッ、やはり餌付《えづ》けを実行するか……」

「ハッ、残念だったな。餌付《えづ》けはとっくに俺がやっている」

私餌付《えづ》けされてたんだ……。そして二人とも私のことを一体なんだと思ってるの？

殿下はパパの言葉にまたグヌッという表情になる。殿下も大概表情豊かだよね。

「――さて、そろそろ帰るかシロ」

「うん、殿下ばいばーい」

私は自分の小さな手を殿下に向けてフリフリする。

殿下も振り返してくれた。うん、やっぱり殿下は優しくてちょろい方がいいよ。

「ああ、また今度な。あ、そうだシロ」

「？」

殿下が私の耳に顔を寄せてくる。

「――――」

殿下の言った言葉は、パパに耳を塞がれたためくぐもっていた。

『もし邪魔な人ができたらボクに言うんだよ』

――そう聞こえたのは気のせいだろう。

その人は一体どうされちゃうの？

私を抱っこしたまま廊下を歩いているパパが、

「――ったく、猫被《かぶ》るなら最後まで被《かぶ》っとけよ教育に悪い……」

と呟いた気がした。

……うん、純粋な幼女のシロは何も聞かなかった。

シロ、初めてのお出かけ

殿下の本性を垣間見てから数日後、今日はお出かけをすることになった。なんと庭でも訓練でもない初めての本当の外出だ。

だから、本日の服装は着ぐるみではなくかわいいワンピース。紺色の柔らかい生地にフリルがあしらわれた実に女の子らしいデザインのものだ。

髪型はパパが高い所でツインテールにしてくれた。

「シロちゃんんんんんんん!!　かわいいかわいいよおおおおおおお!!!」

……ロリコンが興奮してうるさい。

全方向から連写してどうするの。そのカメラ、明らかに新品だけど、もしかしてこの日のために買ったんだろうか。カメラのパシャパシャ音もアニの叫び声もうるさい。ダメ元でパパに目線でアニを止めてと伝えてみる。するとパパは神妙な顔で頷いた。

「アニ、現像した写真はアルバムにして俺にも寄越せ」

「了解です隊長！　かわいいシロちゃんの写真を厳選しときます！」

「馬鹿野郎。ウチの娘にかわいくない瞬間なんて存在しないんだよ。涎垂《よだれ》らしてる時のマヌケかわいさ舐めんな。ブレてる写真以外全部よこせ」

「なるほど、さすが隊長。隊長達が出かけている間にアルバムを作っておきますね！」

「おう」

「ちなみに写真代って経費で落ちますか？」

「落ちるんじゃないか？」

落ちないでしょ。

いや殿下に聞いたら経費で落ちちゃうでしょ。

「今度殿下に聞いておこう」

「どうしたシロ？」

膨らんだ頬をパパにツンツンされる。さては殿下に影響されたね？

先程とは一転してテンションが下がったアニが大きな溜息を吐いた。

「はぁ～、シロちゃん俺みたいなのに誘拐されないか心配だよ。ただでさえ最近子供の誘拐事件が王都で多発してるらしいのに……」

「アニ自覚あったの？」

「俺はシロちゃん限定の安心安全な男だけど、世の中には実害のある奴もいるからね」

「アニが言うと説得力が違うね」

私がジト目になってしまったのは仕方がないと思う。

私の眼差しを受けたアニは真顔で続けた。

「シロちゃん、そんな目しても俺は喜ぶだけだよ。はい、防犯用に催涙スプレー」

「じゃあ僕からは小型爆弾をあげるよ」

「シリルはいつもと変わらないじゃん。防犯用じゃなくて殲滅《せんめつ》用って感じだし」

アニに続きシリルが小型爆弾とキーピックを差し出してきたけどノーサンキューだ。私はそんなデンジャラス幼女にはなりたくない。でも催涙スプレーとキーピックはもらっておこうかな。アニが防犯用にって言うと逆に説得力がある。

そして常識人エルヴィスによる注意事項の言い聞かせがはじまった。

「シロ、昨日言ったことは覚えてるか？　知らない人には？」

「ついていかない！」

「隊長が動くなと言ったら？」

「その場から一歩も動かない！」

「もしも反撃して、相手が大変なことになっちゃったら？」

「証拠は残さない！」

「よしっ」

エルヴィスに頭を撫でられた。エルヴィスの撫で方は優しいから好き。

だけどアニはなぜか不満気な顔をしている。

「……兄さん、汚い大人の考え方を純粋無垢なシロちゃんに植えつけないで欲しいんだけど？」

「アニお前、シロのこと純粋無垢だと思ってんの……？」

「エルヴィス、それどういう意味？」

サラリと失礼なことを言われた気がするんだけど。今のでシロの好感度メーターはアニの方が高くなった。

むっとした私はパパに抱っこしてもらう。

「パパっ、エルヴィスに悪口言われた！」

「よしよし、まあフィルターがあるかないかだと思うがな」

「パパそれ慰めになってない」

「さて、そろそろ行くぞシロ」

「あい……」

パパは私を抱いていない方の手で帽子を取り、私に被《かぶ》せた。

そう、今日はパパとお出かけをするのだ。記憶をなくしてから初めて街に行くことになる。

街にはどんなお店があるのかとっても楽しみだ。

私は一緒に行きたそうに見ているみんなに手を振った。ちょっと後ろ髪を引かれるけど、今日はパパとのデートだからみんなはお留守番なのだ。みんなとはまた今度一緒にお出かけしようと思う。

「みんないってきまーす！　もらったお小遣いでお土産買ってくるねー！」

「シロ、小遣いなんかもらっていたのか」

「うん」

おかげで首から提げているがま口財布はでっぷりと太っている。言わずもがな、主に殿下の仕業だ。それを見せるとパパの顔が引きつったけど、気にしないことにしよう。


さて、城の裏門から出てしばらくすると、城下町の入り口に着いた。

ここまで私はパパに抱っこされたままだ。ちらっとパパを見上げてみる。すると流石《さすが》パパだ。

「シロどうする？　下りて自分で歩くか？」

「うん！」

にぱっと笑顔でそう言ってくれた。私も大きく頷く。

初めての街だし、やっぱり自分で歩いてみたいよね。

そう言うと、パパは私を地面に降ろして手を繋いでくれた。石畳の地面に足が付く。

街の中心に近付くにつれどんどん周りが賑《にぎ》やかになっていった。特殊部隊の隊舎も大概賑《にぎ》やかなんだけど、それとはまたタイプが違う気がする。特殊部隊の隊舎みたいに個々が爆発的にうるさいんじゃなくて、ちょっとした話し声とか笑い声が重なっている感じ。こういう雰囲気もなんかいいなぁ。

キョロキョロと周囲を見回す私を見てパパが笑った。

「はは、口が開いてるぞシロ」

「む」

街を見るのに夢中で自分への意識が疎《おろそ》かになってたみたい。慌てて口を閉じてもう一度周りを見回した。

とにかく人が多いのだ。こんなにいっぱい人が住んでたなんて知らなかったよ。

それにみんなと私に身長差がありすぎて私が見えないのかぶつかるぶつかる。

「うぷっ」

「んなっ」

「ぺひょっ」

人の波に揉まれる私をパパは可哀想な子を見る目で見てきた。

「……シロ、今日は自分で歩くの止めようか。帰る頃にはシロが押し花状態になってそうだ」

「……そうだね」

初めてのお出かけでぺしゃんこになって帰るのは避けたい。それにパパとも手を繋ぐために屈《かが》んでいるのでそのうち腰が痛くなっちゃいそうだし。

「よっと」

「わぁっ！」

パパは私の脇に手を差し込み、肩に私を座らせた。いわゆる肩車だ。打って変わり、一気に視界が開ける。

ちょこんとパパの頭の上に顎を乗せると、パパが足を掴んで固定してくれる。

「どうだシロ、よく見えるか？」

「うんっ！　ありがとう、みんなよりも高い！　ふはははは！！！」

「みんながこっちを見るからその悪役みたいな笑い声は止めような」

「はぁい」

優しく諭されて、高笑いを止める。そのまま散策を続けていると、食欲を誘う香りが私の鼻腔を擽《くすぐ》った。この匂いは！

「お肉だ！」

匂いの元を辿ると、串焼き肉の屋台があった。私はその屋台を指差す。

「パパ！　あれ食べたい！」

「ああ、確かにおいしそうだな。いいぞ」

パパは人混みを掻き分けて屋台へ向かった。パパがあまりにもイケメン過ぎるから男女問わず視線が集まるけどパパはオールスルーだ。周りの人達が勝手に道を開けてくれるため、私達は並ぶことなくお目当ての屋台に辿り着くことができた。

屋台の親父さんは豪快に笑って私達を迎えてくれる。

「ガッハッハッ、こりゃあえらく素敵な父娘《おやこ》だなぁ。お嬢ちゃん、ウチの肉は大きいからパパと食べな」

「ふっ、甘いよおじさん。私は十本くらい軽くペロリだよ！」

「手が塞がるから却下だ。親父、二本くれ。俺とこの子で一本ずつだ」

「あいよっ！」

「え〜」

そんなんじゃ足りないと私は不満の声を上げる。この頃体も丈夫になって、厚切りのお肉も食べられるようになったのだ。

するとおじさんが気前のいい笑みを浮かべて、親指をこちらに向けて立てる。

「嬢ちゃんみたいなちっちぇえ子がこれを一人で食うのもオッサン的にはビックリだけどな。とんでもなくかわいい顔してんのに、ずいぶんな食いしん坊だ。サービスしてやるよ！」

「やった〜！　ありがとうおじさん!!」

屋台の親父さんは串にお肉を一つ多く刺してくれた。強面《こわもて》なのに優しいおじさんだ。人は見かけによらないね。

焼きたてのお肉を受け取ったら屋台を離れてまた歩き出す。食べ歩きってやつだ。ふふふ、歩きながら食べるっていうのがなんだか楽しい。

実際に歩いてるのはパパだけだけど。まあそれは誤差としておこう。

私はパパの髪にタレが付かないよう気を付けてお肉にかじりついた。

「はむっ、あつっ！」

予想以上に肉が熱くてビックリした。流石《さすが》出来たて。

「ちゃんとフーフーしてから食べろよ」

「あい……」

今度はちゃんとフーフーと息を吹きかけ、冷ましてから肉を頬張る。

「んん〜！　おいし〜！　あのおじさん顔は怖かったけど、優しくて料理上手だね！」

「本当だな」

どうやらパパもお気に召したようだ。もぐもぐと味わうように柔らかいお肉を噛み締めている。

これは次来た時も買ってもらえるな。

おいしそうにお肉を頬張るパパを見て私はもう一口かじりついた。

ん〜、やっぱりおいしい！　タレと柔らかい肉が絶妙なハーモニーだ。いつもと違う環境で食べてるから余計おいしく感じるのかもしれない。

さて、串焼き肉を食べ終え、多少なりともお腹が満たされた所で私達はお店に入った。

まずパパが私を問答無用で女の子向けの洋服屋に連れて行く。

中にはフリフリのドレスから着ぐるみまで多種多様な洋服が揃っている。私がいつも着ているような着ぐるみも店の一角にズラリと並んでいた。

……あんなに着ぐるみの種類があってどうするんだろう。もしかして子供に着ぐるみを着せるのが流行ってるのかな……？

そんなことを考えているとパパが店員さんに声を掛けた。

「あそこにある新作の着ぐるみ全部くれ。それでいつもどおり特殊部隊の隊舎まで届けておいてくれ」

「かしこまりました。いつもご購入いただきありがとうございます」

店員さんは恭《うやうや》しく頭を下げ、会計を済ませるとお店の奥に入って行った。

「……」

パパがリッチだ。

話には聞いたことあったけど、こういう頼み方する人ってほんとにいるんだ。そしてまさかそれが自分の父親だとは。それにいつも通りって、まさか着ぐるみがあんなに入荷されている原因はパパ？

大量購入はしたけど、荷物を増やすことなく私達は店を出た。

「シロ、次はどこに行きたい？」

「ん～とね、お土産買いたい」

「誰にだ？」

「特殊部隊のみんな。あと殿下にも。特に殿下には金色のコインを何枚かもらっちゃったからそれなりにちゃんとしたものを買って帰らなきゃ」

「あいつは幼女にどんだけ大金を渡してんだ……」

パパがちょっと引いてる。まだ金銭感覚についてはよく分からないけど、やっぱり五歳児のお小遣いにするには結構な大金だったんだ。

殿下ってば孫を甘やかすお祖父ちゃんみたいだね。

「――ふぃい～」

買い物を続けた後、噴水の縁に腰かけ、一息ついた。

噴水のてっぺんからは絶えず綺麗な水が流れているので縁に座ると結構涼しい。じんわりと滲《にじ》んでいた汗がスゥッと引いていく感じがする。

噴水の水にちゃぷちゃぷと手を浸していると、パパが持っていた荷物をドサリと足元に置いた。

「結構大荷物になったな」

みんなへのお土産を買った結果、ずいぶんな大荷物になった。私にはパパみたいに買ったものを届けておいてもらうなんてリッチな買い物はできない。お土産は自分の手で渡したいしね。

お土産選びで疲れちゃったので今はひと休みだ。クセの強い人達のお土産を探すのは中々骨が折れるね。

「喉がかわいちゃった」

「うーん、飲み物の屋台の辺りは混んでるからこの大荷物だと邪魔になるな……」

「じゃあシロがここで荷物の番をしてるからパパはジュース買ってきて？」

「だがシロを一人にするのは」

「ちょっとの間なら大丈夫だよ！」

「……分かった。荷物は別に盗まれてもいいからシロは絶対に盗まれないでくれよ？　絶対にここから動いちゃだめだからな」

「りょーかいです隊長！」

私が元気良く返事をすると、パパは渋々ジュースを買いに行ってくれた。

特にすることがないので足をブラブラさせながらパパの後ろ姿を観察する。

私から離れた瞬間、パパの近くに女の人達が寄っていった。さすがパパ。絶世の美青年なだけある。とても子持ちには見えないもんね。

実はシロってば今日めちゃめちゃいい仕事してたんじゃない？　どんなに肉食系な人でも子連れの男の人をナンパしようとは思わないだろうし。

私といる時は周りの人が道を開けてくれていたけど、今はパパの周りに人が集まり過ぎて逆に道を阻《はば》まれている。そのせいか、パパの機嫌がどんどん降下していくのを感じる。そろそろ舌打ちしそう。

――あ、ついに話し掛けられた。

綺麗な女の人だけど、最悪のタイミングで話しかけちゃったなぁ。

せめて私のいない日だったら、パパももうちょっと丁寧に対応しただろうに……。パパは今イライラしてるから話し掛けちゃダメだよ。

パパが何度か唇を動かすと周りにいた女の人達はくもの子を散らすように去っていった。

……一体なんて言ったんだろう。知りたいような知りたくないような。

そんな風に私はずっとパパの背中を視線で追っていた。なので、周囲への警戒が疎《おろそ》かになっていたのは否めない。今思えば、朝からフラグは立っていたのだ。

「――え？」

突然肩を掴まれ、一瞬きょとんとする。振り返るとそこにいたのは細身の男性だった。なぜかお腹を押さえている。

「君、すまないけど俺の連れを呼んできてもらえないだろうか。突然具合が悪くなってしまって動けそうにないんだ。向こうの路地にいるはずだから……」

男の人はそう言って細い路地を指差した。

正直に言って、とても怪しい。

「やだ」

「……え？」

まさか断られるとは思っていなかったのか、男の人が聞き返してきた。仕方がないので復唱する。

「やだ。どうしてもって言うなら他の大人の人に頼んで。私はパパにここから動くなって言われてるの」

「いや、本当に具合が悪くて……もう動けそうにない」

「本当に具合が悪いならなおさら他の大人を頼るべきだよ。私みたいに保護者が近くにいない、何も出来なそうな子供じゃなくて」

「なっ⁉」

まさかこんなことを言われると思ってなかったのか、男の人は焦りと苛立ちが入り混じったような表情になった。具合悪いフリ忘れてない？

というかこの男の人、明らかに仮病っぽいのだ。

顔に結構な量の水滴がついている割に顔色は普通だし。なんならその汗のような水滴は単に濡らしてきたんだと思う。だって毛穴からぷっくりと出てきてる汗が一つも確認できないんだもん。

ちょっと乾いてきているし。

「お兄さん、まだ歩けないほどじゃなさそうだし自分で連れの人の所に行った方が早いんじゃない？　どうしてもって言うなら警邏《けいら》の人を呼んで、救護テントに運んでもらうけど……」

そしたら仮病がバレちゃうね、と言外に匂わせる。

すると、男の人の顔つきが明らかに攻撃の意志を持ったものに変わった。

「このっ――!!」

プシュッ！

私は相手が何か言う前に催涙スプレーを噴射した。

「くらえっ！　アニ印の催涙スプレー!!」

「グアアアアアアアア!!」

私に触ろうとした男は目を押さえて蹲《うずくま》る。効果は抜群のようだ。

「シロはちゃんと自衛のできる幼女」

フフンと噴水の縁に立ち上がって胸を張る。話しかけてきた時よりよっぽど顔色が悪くなった男は、私に向かって手を伸ばしてきた。

かなり鬼気迫った表情だ。というかブチ切れている。こうなったら力ずくで私をどこかに連れていく気だろう。

――でも、ちょっと遅かったよ。

ズドオオオオオオン!!

物凄い音がして男の前の石畳が割れた。原因はもちろんパパだ。

この石畳が脆《もろ》いのかパパの脚力が人並外れてるのか……多分後者だね。

「――おいお前、ウチの娘に何してんだ？」

地の底を這うような低い声が鬼《パパ》から発せられる。

側にいるだけの私もゾワッとしちゃうんだから、直接殺気を向けられている男の恐怖は計り知れない。案の定男が出したのはか細い悲鳴だった。

「ヒィッ……！」

「おい、俺は俺の最愛のかわいいかわいい娘をどうしようとしたか聞いてるんだよ」

ちなみに周りにいた人は遠巻きにするか逃げていくかで、噴水の近くにいるのは私達三人だけになっている。

パパはついに男の胸ぐらを掴み、ガクガクと揺さぶり始めた。

「聞こえてるよなぁ？　俺の娘に何しようとしたのかその口で説明してみろよ」

「――すっ、すみません!!　あまり見かけないかわいい子だったのでっ！　誘拐すれば金になると思って!!」

「あ゛あ゛あ゛あ゛あ゛あ゛あ゛あ゛あ゛ん゛!?」

知ってるよ、こういうのチンピラって言うんでしょ。アニが教えてくれたよ。

そして怒りが抑えられなくなったのか、パパがついに男を殴った。鈍い音が響く。

「――――あ」

そして男を殴ったあと、パパは「やっべ」と小さく呟きながらこちらを見た。

そうだよね、こんな教育に悪い現場をパパが私に見せたいわけないもんね。

パパは片頬の腫れた男の胸ぐらを掴んだまま少し考えるような素振りをすると、私に目を瞑《つぶ》って耳を塞いでいるように言った。

これから何をするのか丸分かりだ。

「パパ、次にシロが目を開けた時にはその人死んでない？　大丈夫？」

「安心しろ。証拠は何も残さない」

それじゃあ安心できない。

「さすがにこんなに目撃者がいるところでの殺人はまずいよ。それよりもちゃんと自衛できた私を抱っこして褒めて」

私がパパに向けて両手を広げると、パパは男の胸ぐらを掴んでいた手を離して私を抱きしめてくれた。ギュウウウと苦しいくらいに力を込められる。

「……」

パパが何も言わないなんて珍しい。なんか違和感。

「パパ何か言って」

「……パパ、あいつころしてもいい？」

「かわいく言ってもだ〜め。さすがにそんな凄惨な現場見たくないもん」

「…………分かった」

長い沈黙の後、パパは渋々頷いて私のほっぺに軽いキスを落とした。

よかった、いつものパパだ。

「――あ、パパ。たぶんこの人、共犯者がいるよ」

連れを呼んでこいって言われたし。

「ああ、そっちは問題ない。尾行の上手いお兄さん達がもう捕まえてるだろうからな」

どういうこと？

首を傾げていると、額にキスが降ってきた。う～ん誤魔化されてしまった。

とりあえずパパの殺意は消えたみたいだからいいか。弱冠五歳にして人の命を救ってしまった。

そしてその後、誘拐犯を警邏《けいら》の人に引き渡して私達は隊舎に戻ることにした。

帰りはもちろんパパによる抱っこだ。

なにせあの噴水の広場からパパが私に引っ付いて離れないんだもん。

いやそれは嬉しいんだけど、これからますます過保護になりそうで少しだけ怖い。

帰り道にそんなことを思いながら、私はパパの肩に頭を預けて目を閉じた。今日はいろんなことがあってちょっと疲れました。

隊舎に着くまでおやすみなさい……

「「シロ（ちゃん）おかえりなさい!!」」

「!?」

急に大きな声がしたので私は飛び起きた。

周囲を見回すと、場所は隊舎の食堂だった。殿下、エルヴィス、アニ、シリルが揃っている。まだ私はパパに抱っこされたままだった。

いまいち状況が把握できず目を擦《こす》る。そんな私を優しく見つめてパパは言った。

「シロ、みんなにお土産渡さなくていいのか？」

「渡す!!」

そうだった、そうだった。せっかくお土産買ってきたんだから当日中に渡したいよね。

私はパパから降りて紙袋の中身を漁《あさ》り、みんなへのお土産を取り出した。パパは私だけじゃなくてちゃんと荷物も持ち帰ってくれたのだ。力持ちだね。

まずはエルヴィスにお土産を渡す。

「はいエルヴィス」

「これは？」

「クッキーだよ」

缶に入ってるちゃんとしたクッキーだ。おいしそうだったからエルヴィスのお土産とは別に自分の分も買った。エルヴィスは嬉しそうに私の手渡したクッキーの缶を抱える。

「ありがとうシロ。大切に飾るな」

「いや、できれば食べてほしい」

そんな爽やかな顔で食べない宣言されても。常識人じゃなかったっけ……まあ嬉しそうだからいいや。

よし、次はシリルだ。ちょっと大きいので両手でしっかり持ち上げて渡す。

「はいシリル」

「……これはなんだい？」

「消火器だよ。シリルはよく爆弾とか作ってるから。安全には気を付けてね」

「ありがとうシロ。大切に取っておくね」

「いや、できればじゃんじゃん使ってほしい」

シリルは嬉しそうに消火器を抱え込んだ。デジャブだ。

まあ嬉しそうだからいいや。

そしてお次はアニの番。これは一番軽くて小さい。でもアニが一番喜ぶと思ったのだ。

「はいアニ」

「………これは？」

「かわいい女の子のお面。なんか頑丈なんだって」

「ありがとうシロちゃん。俺は幼女になりたい訳じゃないけど大切にして毎日着けるよ」

「いや、アニのはできれば飾るだけにしてほしい」

アニは嬉しそうにお面を頭の左側に装着した。目の部分だけ開いているかわいい女の子のお面を嬉しそうにつけている成人男性……まあいいや。

最後は殿下にお土産を渡す。

「はい殿下」

「…………これは何だ」

「私のほっぺの柔らかさに限りなく近いモチモチクッション。殿下にはいっぱいお小遣いもらっちゃったから特別に二個買ってきたよ！」

これ触り心地が抜群なだけあって結構高かったのだ。でもお疲れ気味の殿下をしっかり癒してほしかったからね。渡すと殿下はにっこり笑って、クッションを顔に押し当てた。

「ありがとうシロ。大事に使わせてもらう」

「うん！」

ひと通りお土産を配り終えるとパパに声を掛けられる。

「シロ、そろそろ部屋に戻ろう。もう眠いだろ」

「うん」

頷くとパパに抱き上げられた。

部屋に着くと、私はパパに内緒で買っていた物を取り出す。

「あのね、パパ。パパにもお土産あるの」

「俺に？」

「うん」

パパが私の着ぐるみを見ている時に、実はこっそり同じデザインの赤いスカーフを二枚購入していたのだ。そのうちの一枚をパパに差し出す。

「これシロとお揃いなの。スカーフならあんまり訓練の邪魔にもならないでしょ？」

「……っ！」

次の瞬間、私はパパに痛いくらい抱きしめられた。そのまま頬同士をスリスリされる。

「シロ、ありがとうな。お前は最高の娘だ」

「うへへ、テレるなぁ」

「シロはかわいいなあ、かわいいかわいい、かわいいかわいいかわいい」

パパが壊れてしまった。あんまりスリスリされたらほっぺが焦げてしまいそう。

その日から、パパは特別な日には手首に赤いスカーフを巻くようになった。

それにしても、うぬぼれているわけじゃないけど、アニ達もこれぐらいの反応をするかと思っていた。

「みんな喜んでた……けど落ち着いてたね」

あれー？　と首を傾げると、少しは落ち着いたらしいパパが最後にギュッと私を抱きしめた。

「あいつらは過保護だからな」

＊＊＊エルヴィス視点＊＊＊

王城の裏門から出ていくシロと隊長の後ろ姿を俺、アニ、シリルは見送る。

そして二人の姿が見えなくなると俺達は顔を見合せ、頷いた。

「「よし、行くか」」

接し方は違えど、シロを妹のようにかわいがっている俺らがシロの初めての外出について行かないわけがない。

こうして、シロの『初めてのおでかけ』を尾行する会が発足した。


勘のいいシロに気付かれないよう、気配を殺しながら歩く。

人ごみに紛れてシロを観察していると、周りにぶつかられまくったシロを隊長が肩車した。隊長の上にちょこんと乗るシロのかわいさに、物陰で悶《もだ》える。

「やばい何あれかわいいな」

「足ちっちゃいね～」

「うわあああああ！　何だあれちょこんって！　ちょこんて！　隊長の頭にシロちゃんが頭乗っけてるのかわいすぎ……ムゴッ！」

「アニうるさい。シロに尾行がバレるし、そもそも周りに見られたら恥ずかしいから、今日は静かにしとこうな」

「隊長がこっち見てるね」

「ああ……、遅かったか」

興奮し始めたアニの口を慌てて塞いだが、我らが隊長には一瞬で気が付かれてしまったようだ。

シロが気が付かない程度に隊長がこちらに視線を送っているのが分かる。

俺達が無害です！　とばかりに手を振ると、隊長は視線を戻した。

「うん、問題なさそう」

実際、今日は仕事だったのだがわざわざ有給休暇を取ってシロを尾行しているのだ。ゆえに仕事をサボっているわけではない。父娘《おやこ》水いらずのお出かけを邪魔しなければ隊長にも咎《とが》められることはないはずだ。

アニの興奮が収まるのを待ち、俺達はまたこっそりと動き始めた。

「――あ、シロが肉につられた」

「ああ、あの店か。流石《さすが》シロ、良い嗅覚してるね」

その屋台には俺達も寄ったことがあった。安くてうまい上にボリュームもあるので、街に出た時はかなりの頻度でお世話になっている。

隊長とシロが肉の串焼きを二本購入したのを見て、シリルが言う。

「あ～やっぱりシロは一人で一本食べるよねぇ～」

「食いしん坊なシロちゃんかわいすぎ」

「俺も腹減ってきたな～。あ、隊長達が動き始めた」

俺は二人の後を追って歩き始めたが、ふと振り返ると弟《アニ》と爆弾魔《シリル》がいなくなっていた。

「あれ？　二人共いない？」

「あ、兄さ～んこっちこっち～！」

アニの声で振り向くと、おいしそうに肉の串焼きを頬張るアニとシリルがいた。

「……お前ら何やってんの？」

「腹が減っては尾行もできぬってね。ちゃんと兄さんの分もあるよ。食べる？」

「食べる」

俺もこの串焼き肉は好物だ。アニから一本を受け取り早々にかぶりつく。

噛んだ途端に湧き出る肉汁に甘辛いタレ、そして柔らかい肉。

「うまっ」

「おいしいねぇ」

「シロちゃんが絶賛した味だと思うとより一層美味い」

「『気持ち悪いな』」

ラフな会話を繰り広げる俺達。すると先に食べ終わったらしいシリルが声を上げた。

「あ、洋服屋に入ったね。あそこは最近隊長が贔屓《ひいき》にしてる店だよ」

「シリルよく知ってるな」

「エルヴィスは来たことないの？　僕、何回か隊長の荷物持ちで付き合わされてるんだけど。シロの着ぐるみを大量に買った時とか」

「え？　なんで隊長は俺に頼まなかったの？　俺シロちゃんのためならいくらでも荷物持つのに」

「そういうことばっか言ってるからじゃない？」

シリルの指摘に、アニが納得いかなそうな顔をしつつも黙った。正論過ぎて何も言い返せなかったんだろう。

拗《す》ねるアニを無視し、俺とシリルは洋服屋の入り口を見張る。

「お、出てきた」

シロと隊長は手ぶらで店を出てきた。今回は多分急ぎで欲しいものはなかったから、送ってもらうことにしたんだろう。

次に父娘《おやこ》が入ったのはお菓子屋だ。

二人とも店に長居するタイプではないのか、そこも程なくして出てきた。何かの缶をちっちゃな手で抱えたシロが再び隊長に肩車される。

「あ、よかったね兄さん。あれ兄さんへのお土産だって」

アニが読唇術でシロの発言を読み取る。

俺は思わず両手で顔を覆った。普段はシリルとアニのストッパーにならねばという思いがあるからこそ理性を保てるが、こんな時は別だ。思い切り幸せを噛みしめる。

「やばい、どうしよう。俺勿体なくて食えねぇよ。飾る」

「いや食えよ」

「シリルの言う通りだぞ、兄さん。あれを食べることでシロちゃんの選んだお菓子が兄さんの血となり肉となって兄さんの中に残るんだよ。羨ましい」

「僕そんな意味合いで食えって言ったわけじゃないんだけど」

そんな考え方と一緒にすんなとシリルはアニに冷たい視線を向ける。

そんなくだらない会話の間に、二人はさっさと次の店に入って行った。今入っていったのはファンシーなグッズを専門的に扱っていそうな店だ。

それを見てアニは一人でほのぼのし始める。

「ふへへ、シロちゃんも女の子だもんなぁ。やっぱりかわいいものが欲しいんだな～」

「いや待て、商品を見てみろ」

店の店頭に置いてある商品を指差すと、アニとシリルは目を凝《こ》らした。俺達は視力が良いので遠くからでも難なく商品を視認できる。

そこに置いてあったのはかわいい女の子のイラストが書いてあるTシャツや、子供サイズのフリルたっぷりのワンピース。あとは大きなお兄さん向け、と大きく描かれた看板。

シリルが思わずといった様子で言った。

「え、絶対アニへのお土産じゃない？」

「俺、かわいい女の子なら誰でもいい男だと思われてたの？　シロちゃん一筋なんだけど」

「シロはそうは思ってなかったんでしょ」

「まじかぁー……」

アニは顔を両手で覆って俯《うつむ》いた。

それを見たシリルは余計なことを言ったかと少し焦りだす。

「そんなにショックなの？」

「そうじゃない。シロちゃんが俺の嗜好に合わせてお土産を選んでくれようとしたことが嬉しすぎて悶《もだ》える。身につけるものだったら俺毎日着る」

「……それは汚いから止めたら？」

「うるさい」

「あ、おいっ！　隊長達が出てきたぞ！」

俺の発言で二人はすぐさま口を閉じ、シロの手を凝視した。シロが手にしていたもの、それは幼女のお面だった。店から出るとお面はシロの手から離れ、隊長が持つ袋の中にしまわれる。

俺はアニの発言を思い出しながら、静かに問いかけた。

「……アニ、お前あのお面どうするんだ？」

「毎日着ける」

「マジか」

「ああ、視界が悪くなりそうだから顔にはつけないけど、顔の横につける」

正直ドン引きした。

俺と同じ表情のシリルが顔を覗き込む。

「エルヴィス、こういうのって兄的にはどう思うの？」

「育て方を間違えた」

「だよね」

片手で顔を覆って俯《うつむ》く俺とは対照的に、アニは今にも鼻歌を歌いそうなほど上機嫌だった。

そうこうしている間に優柔不断とは程遠い父娘《おやこ》はさっさと次の店に入る。

サクサクと買い物を終えてくれるのは尾行している側としては待ち時間が少ないのでありがたい。

次に入っていったのはクッションや枕などを売っている店だ。そこも少し時間がかかったとはいえ三十分程で出てきた。

「――あれ？　手ぶらだね。何も買わなかったのかな？」

シリルが首を傾げる。

「あの店結構高いしな。王宮で使われるレベルの高級品だし」

「いや、何か注文をしてきたのかもしれないぞ」

ようやく落ち着いたアニも首をひねっている。俺が言うと二人が頷いた。

次にシロ達は何やら飾り気のない店に寄った。

「あれ何の店だ？」

「工具とか色々売ってる店だよ」

俺の質問にシリルが答える。

「ってことはシリルへのお土産の可能性が高いな」

「じゃあ火薬とかか？」

「君達は僕を何だと思ってるの？」

「「爆弾魔」」

俺達兄弟は声を揃えて言うと、シリルは困ったように微笑んだ。

「う〜ん、間違ってないね」

「認めんのかよ」

本当に大人しい顔をしているのに危険な奴だ。せめてシロは危険に晒さないようにしようと改めて決意する。するとアニが店の方を指さした。

「……二人とも、もう出てきたぞ」

出てきた二人が手にした物を見た俺達は目を見張った。

(((まさかの消火器!!)))

自分よりも大きな消火器を抱っこしたシロが隊長に抱っこされて出てきた。シロは店の外で消火器ごと降ろされたが、シロが一生懸命抱えても大きな消火器は地面に付いてしまっている。

「え、何あれかわいい」

「癒される」

「っっ〜!! ……!!」

「……アニ、ハンカチ要るか?」

弟にそっとハンカチを差し出す。アニは悶《もだ》えるあまり声も出せず、ひたすら鼻血を流していた。

シリルはそんなアニを無視して言う。

「え〜、僕あの消火器勿体なくて使えないよ。たとえ火事になってもあの消火器だけは守る」

「いや使えよ。火事になったら消火器は使えよ」

「嫌だよ。消火器なんて使っちゃったらただのゴミじゃないか」

「まあ、確かにな……アニ大丈夫か?」

俺とシリルが話している間にハンカチは真っ赤に染まっていた。

その後、先程のクッションの店に戻り、何かを受け取った二人は噴水の広場で一休みすることにしたようだ。

土産を買い続けていたせいでそこそこ大荷物になっている。

俺達も二人からは見えない位置で休憩することにした。もちろんシロからは目を離さないままだ。

シロを噴水の縁に座らせると隊長がシロから離れた。どうやら喉が渇いたシロの飲み物を買いに行くようだ。その際、隊長がこちらに何やらアイコンタクトをしてきた。おそらくシロを見ておけということだろう。

俺達は隊長のアイコンタクトを受け、シロの声がギリギリ聞こえる距離まで近付いた。

その後、怪しげな男がシロに近付いていったが、シロが丁寧に撃退していた。さすがだ。

あとの一瞬の危機も鬼と化した隊長がすかさずシロの元へと向かって行ったため、俺達は話に出てきた共犯者の方を捕まえにいくことにした。

「一人ぐらい隊長の方に残る？」

「いらないでしょ」

軽口を叩きつつ向かった細い路地では、誘拐の共犯と思われる男が広場の騒ぎを受けて逃げようとしているところだった。俺達はすかさずその男を囲む。アニが隙を突いて男の腕を掴むと、男はバランスを崩し、尻餅をついた。

怒気を滲《にじ》ませた声でアニが言う。

「ねぇ、俺らのかわいいあの子を誘拐しようとしておいて、無事に帰れると思ってる？」

場違いなほどきれいに微笑んだアニの手が男に伸びた。

「ギ、ギャアアアアアアアアアアアア！！！」

それから俺たちも一発ずつ入れて男を警邏《けいら》に引き渡した。


「――いいか、お土産については何も知らないフリをするんだぞ」

念を入れて他の二人に言い聞かせる。二人は素直に頷いた。

「分かった。新鮮な反応をすればいいんだね」

「もちろん！　シロちゃんに全力で驚きをお届けしたいしね」

俺達は先回りして城に戻り、食堂でシロからもらうお土産のリアクションを打ち合わせた。途中からは殿下も参戦して厳しい演技指導が入ったのには参ったけど。

そうしてしばらく待っていると隊長に抱かれたシロが入ってきた。

かなり気力や体力を消耗したであろうシロは隊長の腕の中でスヤスヤと寝ている。そんなシロを起こすのはしのびないが、俺達はどうしてもシロに言ってあげたい言葉があった。

「「「シロ（ちゃん）、おかえりなさい!!」」」

シロ、初めての父娘《おやこ》喧嘩　（エルヴィス視点）

さて、シロが特殊部隊にやってきてから数か月が経った。

特殊部隊というおかしな空間にシロは無事馴染《なじ》み、毎日楽しそうに過ごしている。俺たちもいつもニコニコと駆け回っているシロを見るのが癒しだったのだが――

「――パパのバカッ！　シロもう知らない！」

「なんだと!?　じゃあ俺だってもう知らねぇ！」

朝の食堂。いつも通り騒がしい食堂だったが、今日は珍しく父娘《おやこ》の怒声が響き渡った。

――といっても、二人はまだ食堂には到着していない。二人とも肺活量が常人のそれとは一線を画しているせいか大声を出すとよく声が通るのだ。

それまで思い思いの朝食を摂り、談笑していた隊員達が食事の手をピタリと止める。何事かと食堂の入り口に視線を向けた。

いつもは周りが羨む程仲の良い二人が怒鳴り合うなど、只事ではない。

にわかに緊迫した空気が漂い始めた頃、ついに隊長とシロが食堂に入ってきた。

食堂に入ってきた父娘《おやこ》の姿を見た俺は口を開かずにはいられなかった。

「……えっと、二人とも喧嘩してる……んですよね？」

「もちろんだ。直前まで怒鳴り合ってたのが聞こえなかったのか」

「そうだよ、怒ってるよ！」

隊長は当然のように頷く。シロも頬をパンパンに膨らませて怒っていることをアピールしている。

「いや、でも……その体勢……」

「体勢がどうした？」

俺の視線の先では隊長は片腕でシロを抱っこしており、シロもしっかりと両手を隊長の首に回していた。とても喧嘩している人間の距離ではない。

二人の後ろからアニが食堂に入ってきた。

「シロと隊長、喧嘩したんですか？　って、全然いつも通りじゃないっすか」

アニの発言にシロはさらにむぅっとほっぺたを膨らませた。

「え、なにそれシロちゃん激かわいい」

「私はパパに怒ってるの！」

「どうして？」

何気なく尋ねたアニにシロは鼻息荒く力説する。

「だってね、パパ、すぐ太ったとか聞いてくるし、一緒に寝てると寝返りで押し潰すし寝惚けてほっぺを食べようとするんだもん」

「俺的には羨ましい限りなんだけど。あ！　隊長と寝るのが嫌なら俺の部屋来る？」

「……パパと一緒じゃなきゃ寝られない」

「シロをお前の部屋になんてやるわけねぇだろうが」

「超仲良しじゃないですか」

とても喧嘩中の会話とは思えない。アニが困惑して思わず首を傾げてしまったのも無理はないだろう。

奇妙な父娘《おやこ》喧嘩はその後も続いた。

隊長がパンをちぎり甲斐甲斐しくシロの口元に運ぶ。

そして隊長はあくまで不機嫌そうに言った。

「ほら、食えよ」

「あむ」

「ほらもっと食え。いっぱい食って大きくなれよ！」

その様子を観察していたシリルが疑問符を浮かべる。

「……隊長はシロの何に対して怒ってるの？」

「分からん」

困惑した顔のシリルと同様に、俺にも状況がよく理解できない。シリルがひそひそと小声で俺に聞く。

「喧嘩してる時って、普通一緒に飯なんか食わないし、ましてや食べさせてあげたりなんかしないよね？」

「だよなあ」

そんな会話をする俺達のもとへ料理を取ってきたアニがやって来た。

「お、アニお疲れ〜。なんかよく分かんないけど当て馬みたいになってたね」

シリルが自分の隣の席の椅子を引く。アニは軽く礼を言ってそこに腰かけた。

「アニ……お前、どっちにも相手にされずに逃げてきたな」

「しょうがないだろ。なんか今日の二人、新手のツンデレみたいで違和感がすごかったんだけど。いつキャラチェンしたんだろ……」

いつもよりもテンションの低く見えるアニをシリルは奇妙に思ったようだ。

「あれ？　アニってああいうシロは苦手なの？」

「いや、ツンに見せかけたデレデレシロちゃん最高だった」

「うっわ、通常運転だった。ちょっとエルヴィスぅ、お宅の弟さん変態なんじゃないの？」

「変態なんだよ」

俺もシロが来るまで弟がこんな奴だとは知らなかった。

するとまた父娘《おやこ》の言い合う声が聞こえてきた。

「パパのバカッ、シロが片付けてあげるって言ってるでしょ!!」

「シロのバカッ、皿落として怪我したらどうすんだ！」

なぜか隊長とシロは食べ終わった皿をどちらが片付けるかで揉めていた。使用済みの皿が載ったお盆を二人で取り合っている。

「「……」」

その奇妙な光景に俺達は思わず生ぬるい目になった。

「なんか痴話喧嘩みたいだねぇ。てかシロ、ただのいい子じゃない？」

「普通にかわいいな」

「尊い」

よく分からんが早く仲直りすればいいのに、と思わずにはいられなかった。


そしてその奇妙な喧嘩は訓練中も続いた。

「……シロ、動けないんだが………」

隊長が言葉に詰まってる。珍しいな。ちらっと視線をシロに送ると、シロはそっぽを向いている。

「つーん」

しかし、一見素っ気なく見えても、シロの腕はしっかりと隊長の足にしがみついている。冷たくしたいのか甘えたいのか分からない。するとそんなシロを一緒に見ていたシリルが尋ねてきた。

「……ねえエルヴィス、あれが（頭部が）ツン（体が）デレってやつなのかな？　僕には分からないんだけど」

「俺もよく知らないけど多分違う。おい、アニっ……て……」

気付いたらアニが悶《もだ》えて地面に転がっていた。足をバタつかせているので土埃が舞う。

地面の砂が所々赤く染まっているのは気のせいだろう。

俺は弟からそっと視線を逸らした。

隊長は両足まとめてシロに抱きつかれているのでしゃがむこともできないようだ。隊長がシロの頭をそっと撫でる。

「シーロ、これじゃあパパ動けないんだが」

「ふんっ、パパなんて動かなくていいの。訓練できなくなっちゃえ」

そう言って、シロは抱きついたまま隊長のガッチリとした太腿にぐりぐりと頭を擦り付ける。

「ゴフッ!!」

ああ、アニが瀕死になった。

その一方で、隊長がニヤけないように必死になっているのが分かる。

緩みそうになる頬を必死に抑えて、隊長がシロを抱き上げた。

「むううう……」

抱きつくものがなくなったシロは空中で手足をバタバタと動かす。まるで犬かきでもしているような動きだ。

「「「……かわいい」」」

意図せず一同の呟きが揃った。

シロのマヌケなかわいさの前では、誰もが自然と口が動くのを止められなかった。俺も例外ではない。そしてついでにアニは心肺停止した。隊員の一人が大慌てで倒れたアニに駆け寄った。横にいるシリルは棒立ちでそれを見ている。

「アニいいいいいいいいいい!! シリル! 人工呼吸を!」

「え、やだよ。自分でやったら？」

「……アニいいいいいいいいいい‼」

一瞬固まった男は再びアニの胸に額をつけ、叫び始めた。自分も人工呼吸はしたくないようだ。

「シリル！　心臓マッサージを‼」

「はぁ、しょうがないな……ほいっ」

シリルは懐から球状のモノを取りだし、そこに刺さっていたピンを抜き放った。そしてピンの抜けたそれをアニと隊員に向かって投げる。

ふざけていた隊員の顔色がサッと変わった。

「おいっ！　それ爆だ……うわあああああああああああ！！！」

ドカーン‼　と爆発音が辺りに響き渡り、アニと巻き込まれた隊員がどこかに飛んでいく。

「……何やってんだお前らは」

呆れ声しか出なかった。シロの様子がおかしいことにつられたのか、徐々に周りの様子もおかしくなっている。まあ我が隊がおかしいのはいつものことだが。

ちらっと見ると、当のシロは隊長に抱っこされてあやされていた。上下にゆっさゆっさと揺らされて、既に機嫌は直りかけていそうに見えるけど、そんなことないのか？

隊長も穏やかな微笑みを顔に浮かべている。もう怒っているフリは止め、いまいちご機嫌の優れない娘を甘やかすことにしたようだ。

「シロ〜。機嫌、直してくれないか。どうして今日はそんなに怒ってるんだ？」

「つーん」

隊長がシロの顔中にキスの雨を降らしても、シロの機嫌は変わらない。

俺は原因を考える。さっきシロが言っていた喧嘩の原因は、隊長がシロに構いすぎているということだったが、本当にそれが理由で怒っているのではなさそうだ。そんなことで怒るのならばシロはとっくに隊長に愛想を尽かしている。

だとすれば何か。

隊長に問いかける。

「隊長、今日シロにいつもと違うことってありました？」

隊長はシロの頭に頬擦りしながら考える。

「う～ん、そうだな。違うことっていったら、昨日の夜はあんまり眠れてなかったことくらいだが……」

「それですよ隊長！」

「どれだ」

「きっとシロは眠たくてグズってるんですよ！」

「ほぉ？」

俺の指摘を受けて隊長はシロに尋ねる。

「シロそうなのか？」

「ちがうもーん。パパ抱っこ～」

「今抱っこしてるだろ」

まるで酔っ払いだ。酔っ払いにしてはかわいすぎるが。隊長も俺の指摘になるほど、と思ったようだ。よく観察してみればシロの目蓋《まぶた》は今にもくっつきそうだし、小さな手を握ると体温も熱があるとは言わないまでも高めだ。

「隊長、とりあえず多少無理にでもシロを寝かせてきてください」

「分かった」

隊長はシロを抱っこしたまま隊舎の中に入っていった。心配なので俺もついて行く。

隊長がシロをベッドに寝かせ、お腹をぽんぽんしてやるとあっという間にシロは眠りに落ちた。やっぱり眠たくてグズっていただけなのだろう。

隊長がほっと肩の力を抜くのが見えた。娘に嫌われていないと分かって安心したんだろう。余裕ぶってはいたが、実は内心ヒヤヒヤだったことが分かり、ちょっと面白い。

今までは完璧超人だった隊長の別の姿を見られたのはシロのおかげだ。


そして、いつもより長めの昼寝から起きたシロはいつも通りのシロだった。

スッキリした顔のシロに隊長が問い掛ける。

「シロ、ご機嫌は直ったか？」

「うん。……あれ？　なんで私怒ってたんだろう」

シロがきょとんと首を傾げる。シロのその様子に特殊部隊の面々は一斉に胸を撫で下ろした。

隊長がボソリと呟く。

「はぁ、子供を叱るのは大変だな」

((((あなたどこかで叱ってましたか⁉))))

俺達の気持ちは一つだった。俺達にはいつもよりも多少強い口調で話してはいたが、シロはいつも通りの甘やかしていた隊長の姿しか記憶にない。シロはお昼寝後の水分補給をするとイスから降りる。

「お散歩行ってきてもいい？」

「おう。ちゃんと付き添いにアニとエルヴィスを連れてけよ。これから殿下が来るからパパは行けないんだ」

「は～い」

シロは元気なお返事をして俺達と散歩に出かけた。


「――あ！　パパー！　殿下ー！」

元気よく駆けていくシロ。大きな物を抱えているとはとても思えない速度のそれに俺たちはまた遠い目になる。

シロは抱えていた戦利品を隊長と殿下に見せた。

「お、シロおかえ………」

笑顔でシロを迎えた隊長の台詞が途中で止まった。殿下も目を見開いてシロの腕の中のものを見つめる。気持ちはよく分かる、分かるのでこちらを見ないでほしい。

「……それは何だ？」

『それ』とはシロが抱きかかえているやけにモフッとしたものだ。

止めました、という気持ちでアニと俺はかすかに首を振る。

わずかに声が震えている隊長のそんな問いにシロは元気よく答えた。

「おおかみ!!」

そう、シロが抱えているのは白銀の毛を持つ狼だ。断じて犬ではないことがその牙の大きさと鋭い目つきから分かる。

隊長は一瞬硬直した後、しゃがんでシロと目線を合わせた。

「――ええと、シロはすぐそこの森にアニとエルヴィスと散歩に行ってきたはずなんだが、パパの記憶違いか？」

「ううん、お散歩行ってきたよ。お散歩の途中でこの子を拾ったの」

「なるほどなるほど。元いた所に返してきなさい」

「え、やだ！」

隊長の言葉を即座にシロが叩き落とす。俺たちも同じ攻撃に遭った。嫌かあ……、と隊長から声が聞こえた。すぐにでも陥落しそうなその声に俺たちは殿下の方を向く。しかし、殿下は既にシロと動物の組み合わせにやられているようだ。口を押さえてプルプル震えているだけの生物に成り下がっていた。

シロは、そんな俺たちの様子には一切構わず、その小さな腕に抱いている狼の銀色の毛に頬を擦りつける。

「パパ、この子飼っちゃだめ？　お世話はアニとエルヴィスがやってくれるって」

「世話は自分でやるから、じゃないのか……」

悶《もだ》えていた殿下がツッコミとして復活した。よしよし。

五歳児のシロに、狼の世話を任せる訳にもいかず、俺とアニがさっき世話を申し出たのだ。まさかそれを交渉条件に持ち出すと思わなかったが。

シロが狼をギュッと抱きしめて上目遣いに隊長を見る。

隊長が陥落するのは一瞬だった。

「仕方ないな。飼ってもいいぞ」

「何で!?」

「シロがペットの世話なんぞしたら俺との時間がなくなるだろうから迷ってただけだ。お前らが世話するなら問題ない。それに一旦拒否したのは親っぽいことを言ってみたかっただけだ」

「お前、面倒くさいな……」

殿下の言葉を隊長は華麗にスルーする。シロが満面の笑顔を浮かべる。

「パパ大好き！」

「パパ大好きいただきました。パパもシロが大好きだぞ～」

隊長はベリッと狼をシロから剥がし、シロを抱きしめた。

不満そうに着地し、唸り出した狼を隊長がひと睨みで黙らせる。すると銀狼はコロンと寝転がり、隊長に腹を見せた。隊長と銀狼の間で上下関係が明確になった瞬間だ。

隊長が腕の中の娘に問い掛ける。

「ところでシロ、こいつの名前は何にするんだ？」

「ねこ」

「なるほど、意外性のあるかわいい名前だな。流石《さすが》シロだ」

「ツッコミを放棄するんじゃない親バカ」

愛娘《まなむすめ》のセンスを信じて疑わない親バカに殿下のツッコミが入った。

「だめなの？　じゃあクロ」

「狼の毛の色とは全く違う色を名前にするとは流石《さすが》シロだ」

「受け入れることだけが愛じゃないぞ」

どちらかと言えば銀狼の毛皮の色は黒よりは白の方が近いだろう。隊長にとって狼の名前など、娘が喜んでいればどうでもいいんだろうけど。シロが決めた名前ならどんなに変でも異論を唱える気はなさそうだ。

そしてしばらくの間うんうんと悩んでいたシロはようやく納得のいく名前を思い付いたようだ。

「よし決めた！　お前の名前はエンペラーだよ。エンペラーおいで！」

「ガウッ」

「ずいぶん大層な名前を付けたな～」

皇帝を意味する名前を付けられた銀狼は、呼びかけに返事をするように鳴いてシロに飛び付いた。

シロは飛び付いて来たエンペラーを受け止め、抱きしめる。まだそこまで大きくはないがシロよりは大きい。シロに抱っこされると頭や足が余っている。

シロが埋もれているような形になっている。そのかわいさに俺たちは癒されていたのだが――

「むぅ、抱っこしづらい……。エンペラーもうちょっと縮んで？」

「ガウッ！」

「ははっ、シロちゃんそんな無茶な……え？」

シロの無茶振りを笑って茶化そうとしたアニが言葉を止め、目をみはった。

エンペラーがシロの要望に答えるようにひと鳴きすると、みるみるうちに縮んでいったのだ。成猫ほどに小さくなったエンペラーはシロの腕に収まる。一連の流れを見ていた殿下が恐る恐るシロに尋ねた。

「――シロ、それは一体なんだ？」

「おおかみ！」

「違う！　そいつはただの狼じゃない!!」

普通の狼は体の大きさを自由自在に変えたりできない。

殿下の隣でエンペラーが縮んでいく様子を見ていた隊長は感心したように唸った。

「ほう、さすが俺の愛娘《まなむすめ》。変異種をも手懐《てなず》ける唯一無二のかわいさ」

「シロがかわいいのには同意するが親バカ、これは安全なのか？」

「ああ、ここに帰って来るまでに誰にも危害を加えてないなら大丈夫だろう。こいつはちゃんと理性も知性もある変異種だ。シロに懐ききっているようだしな」

「そうか」

殿下がホッと胸を撫で下ろした。

「ねえねえ、変異種って何？」

あ、とわずかな声を俺とアニが漏らす。思わず隊長を見ると隊長は表情を変えず、優しい顔で説明をしていた。

「ん？　そうか、シロは変異種を知らなかったか。変異種ってのはまだ詳しくは分かってないことも多いんだが……普通とは違う発達を遂げた個体のことを俺達は変異種と呼んでいる」

「ふーん？」

「その大半が通常種よりも優れた能力を持っている。特に、変異が大きい個体程、特殊な能力を持ち知性も発達しているそうだ。その狼の伸縮能力も変異種ゆえの能力だろう」

逆に変異が小さい個体は通常よりも体が発達しているが、知性までは発達しないため凶暴化しやすく、人間に危害を加える事件も度々起こっている。

——例えば、この前シロが遭遇したニワトリモドキもそうだ。特殊部隊としての俺たちの仕事にそれらの駆除も含まれている、とは隊長は言わなかった。

そんな要注意生物が今、人間の幼女に好き勝手されている。

シロは難しい話にはそこまで興味がなかったのか、隊長の話を聞かずに小さな手でエンペラーの頬を揉みくちゃにしていた。

「うしゃうしゃうしゃ～。エンペラー、お手っ！」

「ガウッ」

「おかわり！」

「ガウッ！」

「ちっちゃくなって」

「ガウン」

エンペラーが手のひらサイズに縮む。

「大きくなって」

「アオーン！」

エンペラーが隊長と同じサイズに巨大化した。ひく、とアニの顔が歪んでいる。そのあともエンペラーはシロの命令を次々に実行していった。

その光景を隊長は微笑まし気に、殿下は遠い目で眺めていた。

「エンペラー猫のマネして」

「いや、それはさすがに……」

無理だろう、と殿下は続けようとしたのだろう。

「ニャオーン！」

「できるのか!?」

驚く殿下を尻目に、シロはエンペラーを撫でて褒める。

「エンペラーすごいねぇ～！」

巨大化したエンペラーは伏せをしていてもシロより大きいので必然、シロはエンペラーの胸辺りを撫でることになる。

「ん！」

シロは何かを閃《ひらめ》いたようだ。

伏せをした状態のエンペラーの腹の下に潜り込み、両足の間からひょっこりとシロが顔を出した。

どうやら全身でそのモフモフを堪能しているようだ。

「ふぃ～、ごくらくごくらく」

俺達大人は揃って口元を手で覆った。もちろんシロのかわいさに悶《もだ》えているのだ。

「……やばい、娘がかわいい」

「同意見だ。セットで持って帰りたい」

「そんなサービスはない」

殿下が呟いた言葉に即座に俺たちから突っ込みが入る。

「ゴフッ……」

「「ん？」」

会話の途中で変な音がしたので音がした方を向く。

「……アニ？」

「グフッ……幸せ………」

そこには吐血しながらも幸せそうに倒れるアニの姿があった。殿下がそれをなんとも言えない顔で見つめている。

「……ブレイク、これって変異種の被害に含めるべきかい？」

「いや含めねぇだろ。こいつが勝手に興奮して倒れただけだ」

冷静な隊長が殿下を止めた。

シロと特殊部隊の入隊試験

拾ってきたエンペラーが無事特殊部隊に受け入れられて安心した翌日。私はさっそく部屋の中でエンペラーと戯《たわむ》れていた。エンペラーの『お世話係』になったアニとエルヴィスも部屋の中にいるんだけど――

「……アニ、俺は今驚いている」

「奇遇だね兄さん。俺もだよ」

兄弟の会話を聞きながら、私はくぁぁとあくびをしてエンペラーにもたれかかった。モフッとした毛が頬を擽《くすぐ》る。窓から射し込む日光がポカポカして心地好い。

「シロ、何をしてるんだ？」

恐る恐るといった調子でエルヴィスが尋ねてくる。何って、見れば分かると思うんだけど。

「ブラッシングだよ？」

「いや、それは分かってるんだけど…………なんでシロの方がブラッシングされてるんだ？」

沈黙。エンペラーが口に咥《くわ》えたブラシで私の髪をすく音だけが響く。

私だってこの状況がおかしいとはなんとなく思っていたけど。やっぱりか。

「……最初は飼い主の私が、このおニューのブラシでエンペラーのブラッシングをしてあげようとしたんだよ。でも、でもね、エンペラーが私のブラシを！」

「ガウッ」

「ごめんなさい」

動くな、と小さく吠《ほ》えられて、私はエンペラーの前足の間で大人しく座った。するといい子、というように頭を擦りつけられる。

私の話を聞いたアニは、なぜか感動したように口元を片手で覆ってよろけた。

「シロちゃんのかわいさでエンペラーに母性が芽生えたのか……」

「エンペラーってオスじゃなかったか？」

「シロちゃんのかわいさの前では性別なんて些細なことだよ兄さん。オスのエンペラーにも母性を芽生えさせたシロちゃんのかわいさが偉大ってこと」

「そっか、お兄ちゃんにはちょっと分かんないわ」

それは私にも分からないかな。

そんな話をしていたら、扉が開くと同時に誰かが部屋に入ってきた。

「――お、シロ、こんな所にいたのか」

「パパ、シロはこんな所にいたよ」

パパは近くまで来るとエンペラーの足元にいる私を抱き上げた。エンペラーも大人しくパパが私を持ち上げるのを見つめている。出会った時からエンペラーはパパには絶対に逆らわない。私には逆らうのに。これがオーラの差ってやつなのかな。まあパパならしょうがない。

「シロ、今日は予定がある」

「え、聞いてないよ」

「だから今言った」

「……つまりパパは事前には伝えてなかったってことだよね？」

「そうだな」

胸を張られても困る。思わずパパをジト目で見つめた。

「まあそう拗《す》ねるな。パパがちゅーしてやるから」

「にゅっ、むむむ、パパくすぐったい!!」

パパのキス攻撃で納得いかない気持ちはどっかに遊びに行った。パパと戯《たわむ》れているといつの間にか訓練場に運ばれていた。エンペラーも付いて来ている。

エルヴィスとアニが残念な子を見る目をしているのは気のせいだと思いたい。

「――あれ？　パパ、知らない人がいるよ？」

訓練場には金髪と銀髪の見知らぬイケメンが二人立っていた。この特殊部隊に、殿下以外のお客さんなんて珍しいなぁ。

一人は銀髪で、優し気な紫の瞳をした少し背の低いお兄さん。もう一人は黒い執事服っぽいスーツを着ている金髪のお兄さんで、前髪を少し垂らしてそれ以外は後ろになでつけている。

どことなく品がよさそうで見たことがある姿に私は首を傾げた。

二人は私と目が合うとギョッとした顔をしたが、すぐに真顔に戻った。

私は大型犬サイズになったエンペラーを伴って二人に近付く。

テコテコ近くまで行って……

スンスン。

「「!?」」

彼らが驚きで硬直している隙に、私とエンペラーで二人の匂いを嗅《か》いだ。

特になんだか偉そうに立っていた銀髪の方を重点的に、だ。

クンクンクンクン。

「……え、ちょっ……！」

「君達何して……！」

二人の声を無視してガバッ!!　と私は勢いよく顔を上げ叫んだ。

「パパ！　この人権力の匂いがする！　近寄ると危険だよ！」

私は殿下との初対面で学んだのだ。相手の立場を知らないと後でヒヤヒヤする羽目になると。だから殿下で権力者の匂いを覚えた。偉い人からはなんとなく胡散《うさん》の匂いがするんだよね。つまりは胡散《うさん》臭い。まあ胡散《うさん》ってどんな匂いなんだよって話なんだけど。

……あれ？　なんか静かになっちゃった。

ちらっと見ると銀髪の人もアニもエルヴィスも何か言いたげな雰囲気でたたずんでいる。

もしかして何かやってしまっただろうか。

「シロ、こっちおいで」

「は〜い」

手招きされ、ちょこちょこと走っていくと、しゃがんだパパに引き寄せられた。

パパは人指し指を立てて唇に当てている。

「いいかー、シロ。あの銀髪がそこそこいい家庭の出身だってことはパパとシロの秘密だぞ」

「うん分かった！」

私もパパと同じように人差し指を唇の前で立てて答えた。

「おーい、俺達の存在も忘れないでくだーさーい。ばっちり聞いてますよー」

空気を読まず、アニが声をかけてきた。エルヴィスもアニの横でコクコク頷いている。

というか兄弟だけじゃなくてその場にいた特殊部隊の面々も聞いていた。結構大きな声で言っちゃったもんね。

「お前らは聞かなかったフリしとけよ。俺は一応シロに口止めしたんだから」

「なるほど、もしこの先身分がバレても特殊部隊には責任がないアピールですね。了解です。ここ数分間の会話は忘れました」

汚い大人の反応は速かった。

……もしかして、この人たちが偉いって気が付いたらいけなかった？

この銀髪の人が身分を隠してたなら、私の言動は完全にとはいかないまでも限りなくアウトだ。

私はパパから離れて再び二人のお客さんの元へ走った。

「な、なんだ……？」

つい先程の前科があるせいか銀髪さんはちょっと嫌そうな顔をした。それを金髪さんが宥《なだ》める。

「ウイリアム様、そんな顔したら可哀想ですよ」

「む、だが……」

銀髪さんはウイリアムって名前なのか。なんとなく貴族感の漂う名前。

シロなんてシロだからね。気に入ってるけど。

「金髪さんはなんて名前なの？」

「私ですか？　私はセバスと言います」

「セバス……名前が執事っぽいね」

「ふふ、よく言われます。私はウイリアム様の従者ですよ」

「そうなんだ」

執事と従者の違いがよく分からないけど、とりあえず頷いておこう。

憮然とした顔のウイリアムさんが話し掛けてくる。腕を組んでかなり偉そうな態度だ。ザ・お貴族様って感じ。

「おい幼女、目上の者には敬語を使え。親に習わなかったのか？」

ん？　そういえば言われたことないかも。私の周りにいる大人はほとんど家族みたいなもので目上って感じじゃないし……。頑張って敬語にしてみよう。権力がある大人は怖い。そうだ、殿下で慣れてしまっていたけどそうだった。するとなぜかゾクッと背筋に寒気が走った。

私はウイリアムさんに向き直り、出来るだけ綺麗なお辞儀をする。

「ウイリアムさま、初めてお目にかかります。先ほどは大変失礼いたしました。私の名前はシロです。今は特殊部隊に預かられておりまして――」

「おいなんだ！　急に流暢《りゅうちょう》に話し出して!?」

「ガルルルル！」

エンペラーがウイリアムを威嚇《いかく》し始めてしまった。ダメだよエンペラー、怖いことになっちゃうよ。ぎゅっとワンピースを握る。

すると、ウイリアムさんは一瞬目を見開いてから、呆れたように息を吐いた。

「もういい、悪かった。そもそも貴族でもない子供に敬語だの礼節だのを求めた俺が悪いのだ」

ふっと体の力が抜ける。同時にエンペラーも唸るのをやめて、ぐるぅ？　という声とともにウイリアムを見る。

「ほんと？　ウイリアムって呼んでもいい？」

「急に砕けたな。まあいいだろう。これから同僚になるかもしれんのだからな」

「え？」

私とウイリアムが同僚……？　私が貴族デビューしちゃうってこと？

「どういうこと？」

「はぁ。お前、見てくれはいいのに残念な奴だな。お前は今日オレ達と一緒にこの特殊部隊の入隊試験を受けるのだろう？」

ウイリアムは事もなげに言った。その隣でセバスもそれが当然のように微笑んでいる。

私は振り向き、事のなりゆきを見守っているパパを睨んだ。

……パパ？　あなたの娘は何も聞いてないよ？

私はパパのもとへ向かう。するとパパはしゃがんで視線の高さを合わせてくれた。

「パパ、特殊部隊への入隊試験って何？　私も受けるの？」

「そうだな」

パパは当たり前とでも言うように頷いた。

「シロまだ五歳だよ？」

「そうだな。シロは世界一かわいい五歳児だ」

「えへへ、ありがとう。じゃなくて！　シロはまだ子供なので働きません!!　あと十年くらいはパパの脛《すね》をかじって生きるからね！」

私はエンペラーをギュウと抱きしめていやいやする。働きたくないでござる。

エンペラーはちょっと苦しそうにしつつも大人しく抱っこされてくれた。空気の読める狼さんだね。ありがとう。

「シロはまだのんきに遊んでいたい年齢なの。成人したらちゃんと縁故で就職するからそれまで待って？」

パパに働きたくないとアピールするとウイリアムが呆れた声を上げた。

「おい幼女、隣に正式に試験を受けに来ている者がいるのによくそんなことが言えるな」

「ウイリアムも権力使えばいいじゃん。持ってるものは使わないと損だよ。というかウイリアムはどんな立場のお人なの？」

どうせ言えないだろう、と思いながら聞くと思いがけないところから答えが返ってきた。

「そいつは殿下の従弟《いとこ》で、隣国の末っ子王子だ」

パパが横からあっさりと教えてくれた。え、秘密じゃないの？　でも納得した。この絶妙ないい人加減とちょろい感じ、殿下に似ていると思ったのは気のせいじゃなかったね。

「殿下の従弟《いとこ》なんだ！　でも隣国の王子様が何でこんなとこにいるの？　反抗期？　家出？　家族と離れて寂しくないの？　シロだったら寂しくて死んじゃう」

「っっ!!　シロ！　パパはここにいるぞ!!」

パパに凄い勢いで抱きしめられた。うん、通常運転だね。

ウイリアムの視線がどんどん冷たくなっていく。

「勝手に話を進めるな幼女。俺は第四王子だから、王位継承順位が低くてある程度自由だし、成人してるから家出ではない」

「ふーん」

「自分で聞いておいて興味なさそうな反応をするな！　どうなってるんだこいつは……」

ウイリアムは聞いてほしいのかほしくないのかどっちなんだろう。私はパパにギュッとされながらウイリアムの方を向いて、首を傾げた。

「働きたいなら自分の国で働けばいいのに。なんでわざわざこの国まで……」

「ふっ、それはだな……」

ウイリアムが誇らしげに口を開いた、その時。

「──あれ？　ウイリアム、もう来てたのか」

「あ、殿下」

殿下がひょっこりと現れた。また遊びに来たのか。このところほぼ毎日特殊部隊に来てるよ、この人。こうして見てみると確かにウイリアムと顔が似ている。金髪と銀髪以外はほとんど一緒といえるかもしれない。二人とも綺麗な紫色の瞳だし。でもしかし殿下の名前が一向に出てこない。何者なんだろうね？　いや殿下なんだけど。

殿下は私とパパの前まで歩いてきて、私に目線を合わせるようにスッとしゃがんだ。

「シロ、相変わらずかわいいな。何か欲しいものはあるか？」

「働かない自由」

「セインバルト王国の法律を変えるか」

「そうだね。十六歳未満は労働禁止にして」

この国の成人は十六歳だ。さすが殿下、話が分かる。

しかし殿下が了承してくれる前に、後ろのパパから抗議の声が上がった。

「やめろよ殿下。シロを甘やかして、これ以上殿下にシロが懐いたらどうするんだ」

「わがままになったらとかじゃないんだ……」

パパの思考回路がいまいち理解できない。

私がそう呟くとパパはフッ、と微笑む。

「シロはどれだけわがままになってもかわいい」

「パパ、それはどうしようもないわがまま娘を生み出す悪い親の行動だよ」

親バカじゃなくてバカ親になってしまう。ふるふると首を振ると、パパがにっかりと笑った。

「それが言えるシロは大丈夫だ」

パパは自信満々に頷くと、殿下も賛同するように何度も首を縦に振る。

「そうだな。シロはかわいい」

「え、殿下は今の会話の何を聞いてたの？」

耳に全自動翻訳機でも付いているんだろうか。というか、なんか一人静かな人がいるような――

「っ……!!」

ハッと振り向くと、ウイリアムが真っ赤な顔でぷるぷるしている。どうしたの？　トイレ？　王子様は人前でトイレに行っちゃいけないのだろうか。多分違うと思うけど。

ウイリアムはガバッと顔を上げると、勢いよく殿下に飛び付いた。

「兄上!!」

両手を広げて抱き付こうとするウイリアムとそれを華麗に避ける殿下。どうやら感動の再会ではないようだ。

「兄上っ!!　お久し振りです！」

ウイリアムがまったくめげず満面の笑みを浮かべて殿下に挨拶をする。さっきまではザ・貴族って感じで冷徹な雰囲気すら漂わせていたのに今は完全にワンコだ。

殿下はバックステップでそれを避けると、さっきまで私に向けていた甘々な笑顔ではなく、目の死んだ笑顔をウイリアムに向ける。

「ああ、久しぶりだなウイリアム……」

一度避けられても諦めず、ウイリアムが殿下の背後から再び飛び付いた。今度は避けられず、ウイリアムが背中から殿下の腰にしがみついた。そしてそのまま全く離れる気配がないため、殿下は一つため息を吐き、ウイリアムをそのままにすることにしたようだ。

……なんかちょっと楽しそう。

「シロも～」

私も殿下のお腹側から抱き付く。すると殿下が優しく抱き止めてくれた。

「お、役得。たまには良い仕事するじゃないかウイリアム。もう離れていいぞ」

「兄上のお役に立てて何よりです!!」

「それでいいのか……」

殿下が辛辣。あ、元々そうか。

元気よく返事をしたけどウイリアムは殿下に抱き付いたまま離れなかった。

殿下に両頬を挟まれてウリウリされる。

「兄上はその幼女が好きなのですか？」

殿下越しにウイリアムが私を覗き込んだ。じとっとした目で怖い。ぴゃっと殿下のお腹に顔を埋めるように隠れると、殿下が私の頭を撫でた。

「ああ、妹か娘にしたいと本気で思うくらいには好きだな」

「やだなぁ、殿下にそんなこと言われたらシロ照れちゃう」

撫でられたのでその手にスリスリと頭を擦りつける。すると殿下は自慢気にウイリアムの方に目線を向けた。

「ほらな？　こういうとこも小動物のようでかわいいだろう？」

「オレには理解できないですけど……兄上が……いや、うーむ……」

そんな胡乱《うろん》な目で見られましても……

私をかわいいと思うかは美的感覚の違いだしなぁ。でも特殊部隊内では恐らくウイリアムの方が少数派だ。よって私はかわいい。むふん。

異議も異論も認めないけど文句だけは受け付けてあげよう。

ちらりと顔を出して、ウイリアムを見る。するとウイリアムは殿下から手を離して私の両脇に手を突っ込み、私を持ち上げた。抱き上げられたというよりは、本当に物のように持ち上げられた感じだ。

私はウイリアムの顔の前まで運ばれ、ジーっと見られる。

なんだ？　やんのか？　シロ負けないよ。

私がじっと見つめ返すのを無視してウイリアムは呟いた。

「これが兄上のお気に入りか……」

「ふっふっふっ、そうだよ！　だから丁重に扱うのだ！」

「よし、兄上に献上しよう。どうぞ兄上」

「丁重に扱ってって言ったばっかりなのに！」

ぷらーんと持ち上げられた私は抵抗もできず殿下に差し出された。殿下は満面の笑みで私を受け取る。

「ありがとうウイリアム。シロ、王族《ウチ》の子になるか？」

「つつしんでお断りします」

「そうか、残念だ」

ウチの子になるか？　って、王族ってそんな簡単になれるものなの？　ウイリアムから飛んでくる嫉妬の視線が痛いよ。

「おい殿下、シロはウチの子だ。返せ」

パパの腕に帰還。やっぱり一番落ち着く。

ちょうどいい所にある肩にコテンと頭を預けて一息ついた。ふぅ……眠くなってしまった、ひと寝入り……と思ったのに。

「おいシロ寝るな」

「んにゃ？」

パパに優しく頭を叩かれて起こされた。

いつもなら優しく背中をポンポンしてくれるのに……

抗議の意を込めてパパを見上げると、柔らかく苦笑された。

「おねむなのは分かるが、これから入隊試験をするんだからもうちょっとだけ頑張ろうな？」

「は～い」

そうだった。すっかり忘れてたよ。

ん？　というか私まだ一回も入隊試験受けることを了承した覚えがないんだけど。パパの中ではすっかり決定事項になってしまっているらしい。

「ブレイク隊長が娘にはこんなに甘いとは……」

セバスが驚愕の表情で私とパパを見ていた。そんなに驚くことかな。そう思って首を傾げているとセバスが苦笑して教えてくれた。

「ブレイク隊長が率《ひき》いる特殊部隊は、人外じみた強さを持っていることで他国でも非常に有名なのですよ。なので親バカという俗っぽい一面を垣間見て驚きました」

「へぇ～そうなんだ～。パパすごいねぇ！」

「そうだろうそうだろう。もっと褒めてもいいんだぞ？」

パパがおかわりを要求してくるからとりあえず抱き付いておいた。

さて、そんな騒ぎをひと通り終え、訓練場にウイリアム、セバス、私の順番で並ぶ。私達三人の前にパパが腕を組んで仁王立ちになった。

「――では、これから入隊試験を始める」

パパは手元の紙を見ながら話す。

「え～っと？　試験内容は筆記と、特殊部隊の隊員を相手にした実技だそうだ」

「なんでパパが分かってないの？」

手を挙げて聞くと、パパの表情が面白いほど柔らかく崩れる。

「分からないことをすぐに聞けるシロは素晴らしいな、十点加点だ。……実は特殊部隊の創設以来初めての入隊試験なんだよ。今までは志願者がいなかったからな」

「へぇ～」

つまり人気がなかったと。でもこうして今回希望者が出ている訳で……

「そういえばなんでウイリアムは特殊部隊志望なの？　セバスはウイリアムの従者だからついてきたんだろうけど。仮にも王子なんだし、もうちょっといいとこあるんじゃないの？」

「仮じゃなくてれっきとした王子だ。兄上が毎日のようにここに顔を出すと聞いてな、兄上に頻繁に会えるなら多少危険な仕事でも構わんのでここを選んだ」

「へー」

「興味がないなら聞くな」

テキトーに相槌を打ったのがバレた。でも殿下への愛を聞かされても困る。セバスも聞いてるフリしてボーっとしてるし。

パパが手元の紙から顔を上げた。

「――ああ、それと、たとえ殿下の関係者でも実力が基準に達していなければ容赦なく落とすから。殿下もそれでいいな？」

「ああ、構わない」

殿下はパパの問いに首肯した。

「あ、そうだ、シロは俺の関係者だから多少基準に満たなくても合格させる。殿下もそれでいいな」

「ああ、構わない」

「構ってください兄上」

堂々とした不正宣言にウイリアムが突っ込んだ。殿下は今にも文句を垂れそうなウイリアムにニコリと微笑む。

「ウイリアム、頑張れよ」

「はい兄上！　最善を尽くします！」

ウイリアムはそのひと言で満面の笑顔になった。ちょろいな。

セバスは何も言わない。私には分かるよ、セバスは自分より上の人には逆らわないヤツだ。長いものには巻かれるタイプ。きっと世渡り上手だね。

「シロも頑張るんだぞ」

「は～い」

もうここまできちゃったら頑張るしかないだろう。ダメだったらその時はその時だ。

パパからむちゅっと私のほっぺにキスが贈られた。

こうして、隊長の堂々とした不正宣言はものの見事に容認されたのだった。


最初は筆記試験だ。

訓練場から別室に移り、カンニング防止のために三人共離れて座らされる。エンペラーはちっちゃくなって私の襟巻きだ。もふもふしてて眠くなっちゃう。

試験官は常識人エルヴィスだ。適任だね。試験官っぽく部屋の前方に立ったエルヴィスが注意事項を読み上げていく。

「えー、試験に関係ない物はしまってください。試験中にこの部屋から出たい場合や質問がある場合は手を挙げること。あとカンニングが発覚した場合は――」

ウイリアムがこっちを向いて文句を言ってくる。

「おい幼女、その狼は試験に関係ないものじゃないのか」

「衣服の一部だよ」

「呼吸する衣服があってたまるか」

くる。

これは足の引っ張り合いってやつだね。流石《さすが》腐っても王子、上流階級らしい姑息な手を使って
「ウイリアムはこんなにかわいいエンペラーを狭い引き出しにしまえって言うの？」

「外で遊ばせておけばいいだろう。その発想が怖いわ」

結局、エンペラーは話せないから、ここにいてもいいということになった。

私の勝利だ！

試験開始の合図と同時に私は深く息を吸い込む。

どんな問題かな？　計算だろうと、特殊部隊の知識や状況についての問題だろうとなぜか『解けるだろう』という自信がある。

ぺらりと問題用紙を表にした。


『問一、あなたがこの部隊に入りたい動機を書け』

ふむふむ、まあ普通の問題だね。カリカリとすぐに書き込んでいく。しかし次の問題を見て私は首を傾げた。

『問二、街で変質者に友達になろうと誘われた。あなたはどうする？』

……これはなんの資質を試されてるんだろう。二問目にして問題作成者が遊び心を出し始めているような……？　私はとりあえず答えを書き込んだ。

「ここにありますー」

よし、次。

『問三、かわいい女の子と容姿が残念な女の子に同時に助けを求められた。どちらを助ける？』

『問四、同僚が喧嘩をしている。その原因は？』

……心理テストかな。

『問五、あなたが好きな人にアピールするとしたらどんなことをする？』

急な方向転換！　ぜったい特殊部隊に入るのに必要ない質問だと思うんだけど！

その後もたまに真面目な問題も混ざっていたが、大体は問題作成者の趣味で作られたような問題ばかりだった。

「ふう……」

だけど不思議なことに、ほっとした。明確な答えが求められる問題ではなく、緩さと楽しさの詰まった問題たちに、確かに私は安心していたのだった。

試験時間が終了すると、解答用紙がエルヴィスによって回収される。ふと隣を見ると、ウイリアムが頭を抱えていた。暗いオーラをまとったウイリアムがブツブツ何かを呟いている。

「……なんだよあの問題……正解が分からない……。俺のこれまでの猛勉強は一体何だったんだ……」

私と似たような感想だけど、感情は逆と言うかぐったりしている。でも特殊部隊を受けるってそういうことだよね。いざ入隊したらこんなテストなんか目じゃないくらい自由な人達と同僚になるわけだし。

うん、そういう意味ではちゃんとあのテストは特殊部隊の適性を試していたのかもしれない。

あまりにもウイリアムが落ち込んでいるので私はセバスに慰めに行ったら？　とアイコンタクトを取った。それにセバスは神妙な顔で頷く。

「ウイリアム様」

セバスはウイリアムの座っている机まで歩いて行くと、ウイリアムの肩にポンッと手を当てた。

「次、頑張りましょう」

「うわあああああああああああ！！！」

慰めじゃなくてとどめを刺しちゃったよあの執事。

「従者です」

もとい、あの従者。

……思考にツッコミを入れるのはやめてほしいなぁ。エルヴィスでもしないよそんなこと。

＊＊＊エルヴィス視点＊＊＊

シロとウイリアム殿下が戯《たわむ》れる声が聞こえる中、俺とシリルとアニは別室で採点を行っていた。わざわざ一人一枚ずつ採点するなんて効率の良いやり方はしない。三人で一枚ずつ解答を見ていくのが特殊部隊流だ。

「まあシロのは最後のお楽しみにするとして～。まずはあのセバスって奴のからいこうか」

シリルはセバスの答案を三人が囲んでいる机のド真ん中に置いた。そして新品の赤ペンを手に取る。

「さー、行ってみよ～！」

それからシリルは目まぐるしく手を動かしたかと思うと、すぐにいい笑顔で手を止めた。

「おしまい！」

「驚くほどすぐ終わらせたな」

「あんまり面白くなかったからね」

俺はちらりと時計を見る。まだ採点を始めてから十数分しか経っていない。どう考えてもシロのために雑に採点されたテストを見て、俺は心の中でセバスとウイリアムに謝った。

「さあ！　最後はマイスウィートエンジェルシロちゃん！」

アニが意気揚々とシロの解答用紙を手に取る。

「こんな、シロ贔屓《ひいき》が人の形をしたような男に採点を任せていいの？」

「自分がやるって譲らなかったんだからしょうがないだろ。それにシロはもう合格が決定してるようなもんだからな」

「そうそう、それ疑問だったんだけど本当に隊長のコネでシロを隊に入れちゃっていいの？　後々隊長とシロちゃんの名前に傷が付くことにならない？」

シリルが至極真っ当な心配事を口にした。珍しい。シロに関することならシリルも真っ当に物事を考えることがあるんだな。俺はその疑問に答えるように頷く。

「それは問題ない。この前、シロは殿下が持っていた王宮の近衛部隊の筆記試験を暇つぶしで解いていたらしい。殿下について来ていた近衛部隊の隊長が確認したところ満点だったそうだ」

「あの最難関のテストが満点⁉　さっすがシロ。僕の予想を軽々と超えるねぇ。でも、もうちょっと普通の子供でいる時間を謳歌させてあげてもいいんじゃないの？　働いたらそれなりの義務も出てくるし……」

「隊長だってそのことについては考えているだろう。でもシロを守るためには特殊部隊に属していた方が色々と都合がいいんだ。特殊部隊は殿下のお気に入りで、ご威光もたっぷりだからな」

「ふ～ん、隊長もいろいろ考えてるんだねぇ」

とりあえずシリルは納得したようだ。俺としてはシリルがここまで考えていたことに内心驚いていたのだが、それは口に出さないでおいた。

シリアスな雰囲気になりかけていたところをアニの呑気な声がぶった切った。

「ね～まだ～？　俺一人でシロちゃんの丸付けしちゃうよ？　いいの？」

「はぁ……」

この弟にはもっと色々考えてほしい……

俺の溜息も華麗にスルーしてアニはシロの答案を開いた。

シロの解答はなぜか色とりどりのクレヨンで書かれている。

「え、もうかわいいんですけど」

アニが真顔でテスト用紙を凝視している。シロの筆記用具にクレヨンを用意したのはアニなのだが、それはもう忘れているようだ。

『問一、あなたがこの部隊に入りたい動機を書け』

『パパとみんながいるから』

「え、かわいい」

簡潔な答えにアニが胸打たれている。

「本当にシロは僕たちのことが好きだねえ」

シリルもそんなことを言いながら笑みを隠しきれていない。かく言う俺も同様だった。

「さ、次行くぞ」

『問二、街で変質者に友達になろうと誘われた。あなたはどうする？』

『笑う』

「笑ってないで逃げてぇぇ!!」

アニが必死の声を上げているが、変質者と書いてアニと読む可能性があることに恐らく気がついていないのだろう。

『問三、かわいい女の子と容姿が残念な女の子に同時に助けを求められた。どちらを助ける？』

『全員私が助ける』

「さすがシロ」

「俺らのことも頼ってほしいけどね！」

『問四、同僚が喧嘩をしている。その原因は？』

『方向性の違い』

「よくあるやつ！」

『問五、あなたが好きな人にアピールするとしたらどんなことをする？』

『ぎゅーしてちゅー』

「兄さーん、ティッシュ取って。鼻から赤い涙がこぼれてきた」

俺はドン引きしつつも無言でティッシュの箱を差し出した。

両鼻にティッシュを突っ込んだアニがようやく採点を終わらせた。

結果、百点満点中……

セバス……六十二点。

ウイリアム……六十九点。

シロ……百点。

「……これって確か六十点以上で合格だったよな」

念のため俺は二人に確認した。

「……まあ、このテストは正直お遊びみたいなところあるしね」

何せ自分達でテストの問題を考えたのだ。まともな問題の方が少ない。

わずかな沈黙の後、俺は一つの決断を下した。

「よし、点数開示はしないでおこう」

「「賛成」」

＊　＊　＊

「シロ、お疲れ様」

「あ、パパっ！」

部屋で待機していたらパパとアニたちがやってきた。私はパパに飛びつく。なんかふと見たらアニがふらふらしてるんだけど大丈夫かな。

パパは私を易々と受け止め、抱き上げてくれた。私はパパの首に手を回して抱き付く。

「――あ、お前達全員筆記は合格だったそうだぞ」

そこでパパはあっさりと朗報を告げた。その言葉にウイリアムがほっと胸を撫でおろす。

それから、とパパは若干視線をそらして続けた。

「あと、実技試験はなくなったから全員合格だ」

「「「え？」」」

私とセバス、そしてウイリアムの声が綺麗に揃った。

「パパなんで？」

「ん？　相手できるような奴がいなかったんだよ。ウチの隊員は手加減できないし、みんな武器が特殊だからな。爆弾やら鞭《むち》やら……」

「パパがやればいいじゃん」

「パパの手加減はシロにしか発揮されません。うりうり」

「むぃ～」

パパは片手で私の頬を撫でくりまわしてきた。

「まあシロの実力は分かってるし、ウイリアム達も実戦で使えるレベルなのは報告されてるからな」

「じゃあなんで筆記試験なんてやったの？」

「シロ、大人には建前ってものが必要な時もあるんだよ」

「つまりは出来レー……むぐっ」

それ以上は言わせまいとパパにサッと口を塞がれた。

「ん～！　む～!!」

抗議として私は口を覆っているパパの手をペチペチと叩く。分かったよ、シロは何も知りませんという意味を込めてパパの目を見ると、パパはフッと笑い、手を放してくれた。

「ぷはっ」

まったく、普段あんなに猫かわいがりする癖に。パパをもう一度ペチッと叩く。パパは私の頭を撫でてからウイリアムたちの方を向き直った。

「部隊の制服や諸々は明日配布するから、今日は解散だ。この後は自由にしていい。観光してきてもいいぞ」

「観光⁉　私もお出かけしたい！」

「シロはお昼寝の時間だから部屋に行こうな」

「え〜……」

まだパパに抱っこされたままだったので碌《ろく》な抵抗もできず、パパに背中をポンポンされる。これされるとすぐ眠くなっちゃうからやめてほしい……

そのままユラユラと揺らされたらもうダメだ。一気に目蓋《まぶた》が重たくなって、目を擦《こす》る。

「よしよし」

爆睡一歩手前の私の頭をパパが撫でる。

遠くなる意識の中でセバスの声が聞こえた。

「ウイリアム様、今日はもうよろしいでしょうか」

「ああ、もう上がっていいぞ」

「うっし、今日はかわいいちゃんねー達と夜の街に繰り出してくるっすね！」

「ああ、好きに行ってこい」

――ぱちり。目が覚めた。

今ウイリアムと喋ってたのはだれ？　なんか知らない人物が登場したような……？

「あ、ちゃんシロ起こしちゃった？　ゴメンな」

「ちゃんシロ⁉」

声の主を見ると、そこには金髪を掻き上げ、皺《しわ》一つなかった執事っぽい服のネクタイを抜き、襟を開けて着崩したチャラ男がいた。

「だれ⁉」

「セバスだよ～」

自称セバスはへらっとした笑みを浮かべる。さっきまでの業務用の笑顔を貼り付け、私にもウイリアムにも淡白だった執事はどこに行ったんだ……

「だから執事じゃなくて従者だって～。てかちゃんシロめっちゃかわいいよね！　俺も抱っこした～い！」

両手を広げたセバスがジリジリと近付いてくる。

私はパパにひしと抱き付く。それからウイリアムに訴える。

「ウイリアム‼　セバスを名乗る知らない人がいるよ‼」

「本人だ。現実を受け止めろ幼女」

無情にも現実逃避はさせてもらえなかった。

つんつん。

ぷにっ。

ムニ〜。

「はぁ〜ほっぺ柔らけ〜。かわいいなぁ〜」

「……」

はい、現実を受け止めたシロです。私はエンペラーと共に胡座《あぐら》をかいたセバスの上に乗せられ、ほっぺを弄ばれている。

「パパ、チャラ男がずっとほっぺつついてくる！」

「一瞬でもお前を信じてシロを渡した俺が悪かった。セバス、死に方を選んでいいぞ」

「まず生きるか死ぬかを選びたいかな！」

パパの発言で命の危険を感じたのか、セバスは私に賄賂らしきクッキーを差し出してきた。

私は躊躇《ちゅうちょ》なくパクつく。おいしい。餌付《えづ》けされてるって？　ちっちっち、これは大人の取り引きだよ。

「ガウ」

「なに？　エンペラーも欲しいの？　ほらお食べ」

「ガウッ！」

クッキーを食べるエンペラーは容赦なく食べカスをセバスの上に落としている。セバスは全く気にしてないみたいだけど。

……狼ってクッキー食べられるのかな……まあエンペラーだから平気か。

「はぁ、いいな〜俺もこんなかわいい子供が欲しい〜」

「お前はまず女を一人に決めるところから始めろ」

ウイリアムから鋭いツッコミ。その間もセバスは私を撫で回している。まあかわいがられて悪い気はしない。手持無沙汰なのでなんとなく私もエンペラーを撫でる。

「エンペラーおいしい？」

「ガウッ！」

「いい子ね〜」

むぎゅっとエンペラーに抱き付くと上質なもふもふを感じる。すると頭の上からため息が聞こえた。

「はぁ〜、ちっちゃい子と動物の組み合わせは最高だな〜」

「セバス、もうそのキャラは間に合ってるよ。アニは二人もいらない」

「どういうこと⁉　まあ、ちゃんシロがもっと妖艶な美女になったら考えてあげるよ」

「考えてもらわなくてもこっちから願い下げだよ！　そんなこと言うならもうセバスのお膝になんて乗ってあげません〜、パパんとこ帰る」

「あっ……」

背後でセバスが残念そうな声を出したけど振り返らない。私はテッテッと小走りで椅子に座るパパに抱き付いた。

「パパ～」

「おかえりシロ」

「むふ～」

膝の上に抱き上げられ、パパの肩口にスリスリする。

「どうした？　甘えん坊さんだな。口にカスが付いてるぞ」

「およ？」

パパの大きな手がパッパッと私の口の周りを払ってくれた。セバスはその光景を見て和《なご》みつつも残念そうな顔をする。

「なんて羨ましい。なー？　エンペラー？」

「ガウウ……」

あ、エンペラーをセバスの所に置いてきちゃった。まあいっか。エンペラーも撫でられるのは満更でもなさそうだし。

「やっぱりシロはまだ小さいな～」

パパの手に押されて膝の上にコテンと倒された。

「うりうりうり～」

「んきゃぁ～」

ご機嫌なパパに片手で両頬を挟まれてむにむにされる。チョイチョイっと抵抗をしているとパパが優しい眼差しで見下ろしてきた。

「シロは本当にかわいいなぁ。嫁になんて出さないからずっとパパと暮らそうな」

「んー？」

パパが何か言っている。今私はパパの右手を捕まえてじゃれている。ぼんやりしていたら私は無意識に口の中のものをモグモグしていた。

「……シロ、パパの指はおいしいか？」

ハッとしてパパの指を口から出した。パパはハンカチで自分の指を拭っている。

「お腹空いたのか？」

「ちょっと口寂しいだけ」

「お腹空いたんだな」

「………ちょこっと」

「食堂行くか……」

私はコクリと頷いた。

パパが私を抱っこして食堂へ向かおうとした時、セバスがバッと手を挙げた。

「あ、俺弁当持ってるよ。ちゃんシロ、お弁当食べる？」

「食べる！」

私は脊髄反射で返答した。

「セバス、なんでお弁当なんて持ってるの？」

「料理が趣味なんだよね。俺これから飲みに行ってくるし、人がおいしいって食べてくれた方が嬉しいから」

「おお、なんたるイケメン。こうやって女の子達をたぶらかすわけだね」

「否定はしないよ」

おお、イケメンすまいる……。ごはんをくれたからか、そんなチャラ男全開のセバスも心なしかキラキラして見える。その後、セバスは宣言通り街へと出かけていった。

ちなみに、チャラ男弁当はめちゃくちゃおいしかった。

シロと初めての発熱

夜中、寒さで目が覚めた。いつも通りパパのお腹の上で丸くなって布団を被《かぶ》っているのに、寒気が治まらない。プルプル震えているとパパが起きてしまった。

「……ん…？　シロ、どうした？　なんかいつもよりも温《ぬく》い気が……」

「ぱぱ……さむい……」

そう訴えるとパパは布団で私を包んでギュッとしてくれた。その上、背中を擦《さす》ってくれる。

ちょっと温かくなったけどまだ寒い……

「シロ、ちょっとおでこ触るぞ」

肩を縮めて震えていると、パパがそっと私のおでこに手を当てた。パパの手がひんやりとしていて気持ちいい。

「…………熱いな」

「へ……？」

私は首を傾げた。なんだか喉も痛い。咳き込むとパパが今度は背中をさすってくれた。

「風邪だろうな」

どうやら、人生初めての風邪を引いたようだ。

翌朝になっても、熱は下がらなかった。私はパパとエンペラーにサンドイッチされてベッドに横になっている。

「ぱぱ、さむい。もっとぎゅってして。エンペラーも」

「ああ」

「ガウッ！」

初めての不調に私はもう半泣きだ。ずっと寒いし頭は痛い。それに気持ちも上向かないままで、ずっと不安な気持ちが胸を離れない。

「ぱぱ、あたまいたい。しろしんじゃう？」

「死なないぞ。大丈夫だ。もう少し寝てろ」

お腹を優しくぽんぽんされた私は再び眠りについた。

——頭が痛くて喉も痛い、それに体がダル重い。これはもしかして——

「シロ、しんじゃう？」

「死なない」

大丈夫だから、とパパがそっと私の額に氷嚢《ひょうのう》を載せた。冷たくて気持ちいい。ほっと息をつく。

どうやら既に朝になったようだ。周りを見ると、日光が既に部屋の中に差し込んでいる。

でもあんまり体調がよくなっている気はしない。

「シロちゃん!!」

水でも飲もうかと思っていたらアニが勢いよく部屋に入ってきた。なぜかその手には大きな紙袋を抱えている。その後からゾロゾロと入室してくるエルヴィス、シリル、そして殿下。

アニは私が寝ているベッドの横で膝をつき、私の左手を握り締めてくる。

「シロちゃんっ！　生きて！　まだこれから先、楽しいことがいっぱいあるんだよっ……グスッ……」

その大袈裟で全力の泣きぶりに、先ほど否定されたばかりの疑念がもう一度湧く。

「え……シロってばやっぱり死ぬの？」

「「死なない」」

パパとエルヴィスの声が綺麗に揃った。

「そうだシロちゃん、お見舞いにアイスいっぱい買ってきたよ。俺と兄さんから」

そう言ってアニは紙袋から大量のアイスを取り出した。ソフトクリームにジェラート、苺味やソーダ味のバー。夢のような光景に私のテンションは急上昇する。

「二人共ありがとう！　パパ、全部食べていい？」

「腹痛も併発したかったらな？」

「——一個にしとくね」

　パパの言葉に、私は今食べるのだけ選んで残りはしまってきてもらった。そしてエンペラーのモフモフに寄り掛かって座る。

　ちみちみと少しずつ冷たいアイスを口に運んでいると、殿下がパパに何かを渡していた。

「ボクからもシロに見舞いだ。熱があるから冷たいものがいいと聞いてな。使ってくれ」

「なんで冷たい物で金のインゴットになるんだよ王族が。額に乗せてシロを潰す気か。保護者である俺がありがたく受け取ろう」

「喜んでもらえたみたいで良かったよ」

　殿下はニコリと微笑んだ。こそっとパパがポケットにインゴットをしまうのが見える。

「ああ、それとウイリアムとセバスからも届けて欲しいと言われたものがあるぞ。大人数で行くと迷惑だからと言って本人達は来なかったのだが」

　結果から言うと二人は常識的な大人だった。殿下が出したのは果物の詰め合わせだった。大きなメロンが入っているのが嬉しい。治ったらお礼をしよう。

「シロ～、うどん作ったからアイス食べ終わったら食べてな」

「食べる」

「食欲はあるみたいでよかった」

殿下と話しているとエルヴィスがキッチンから出てきた。エルヴィスはいつの間にかエプロンを着けていた。びっくりするほど似合っている。

アイスは食べ終わったのでパパにうどんをよそって来てもらった。あーんはエルヴィスがしようとしてくれたけど、パパがその座を譲るはずがなかった。

「シロ、あーん」

「あーん」

口を開けると、柔らかく煮込まれたうどんが口の中に入ってくる。うん、おいしい。あったかいし。もきゅもきゅと噛んで、また毛布の中に戻る。

「ベッドの上でごはん食べていいなんて、何だか偉い人みたい……」

「くだらんこと言ってないで食え。ほら、もう一回あーん」

「んむんむ」

おいしい。エルヴィス、料理も上手なんだなあ。

そう言うと、エルヴィスは嬉しそうに笑った。しかしその笑顔は、私の背後を見て引きつる。その視線を追いかけると何か大きな機械を背負ったシリルがいた。

「……で、シリルはそれ、何を持ってるんだ？」

「ん？　高圧洗浄機だよ。僕はもう爆破するだけの人生は卒業したんだ」

「被害が大きくなりそうだから、まだ在校生でいてくれ」

爆弾だけで十二分だよね。……というか、高圧洗浄機で何をする気なんだろう。

そう思ったらさすがのエルヴィスが即座に聞いてくれた。

「高圧洗浄機で何をする気なんだ？」

「シロの風邪菌を洗って殺してあげようと思って」

「物理で!?　風邪菌と一緒にシロも死ぬわ!!」

「残念……」

「残念なのはお前の自由過ぎる発想だよ」

会話はリズムよく続いていき、最終的にシリルは渋々高圧洗浄機をケースに片付けてくれた。

ほっとする。さすがに私も高圧洗浄機で洗われたら目をまわしてしまいそうだ――って、なんだか疲れたな。

もふんと後ろに倒れてエンペラーにもたれかかる。

「シロ？」

パパの大きな手が私の額を覆う。冷たくて気持ちいい。へにゃと口元を緩めると、わさわさと撫でられた。

「熱が上がってるな。おいお前達、今日はもう解散だ。また元気になったらシロに構ってくれ」

パパの一声でみんなはあっさりと帰っていった。

「シロ、もう横になってろ」

「は～い」

素直に横になると、顎まで布団を掛けられた。

「パパ、お仕事は？」

「ん？　そんなのシロが治るまでは休みに決まってるだろ。ちゃんとそばにいるから、もう寝てろ」

ゆっくりと頭を撫でられる。

「うん……」

私はいつも通りパパの添い寝で眠りについた。


「ゲホッ、ゴホッ……！」

「ふむ、見事に悪化しているのう」

翌日、パパが呼んできたおじいちゃん先生が私を診察してそう言った。みんなが来てくれたのが嬉しくて昨日はしゃぎすぎちゃったようだ。

「ウ～」

ずっと私の湯たんぽになってくれていたエンペラーが唸る。

言わんこっちゃないとでも言いたげだ。

「ごめんねエンペラー」

「ガウッ！」

許さんって感じだね。パパより怖いよエンペラー。

見事に私の風邪が悪化したことで、ついに頼れる狼が私の保護者と化したようだ。

「……視線が痛いわ」

さらに、私をうるさく心配するパパさえ邪魔だと言わんばかりに、エンペラーがパパをじとっとした目で見ている。パパは私の昼ご飯を作ってくると言って外に出ていってしまった。

エンペラーは大人しく寝ていろと言わんばかりに私の隣に寝転がり、片足を私の胸に乗せている。

エンペラーってオスだよね？　すっごい母性を感じるんだけど。

それから少しうとうとしていると、エンペラーは鼻で私の額に乗っている氷嚢《ひょうのう》をつついた。それからガウッとひと鳴きする。エンペラーの鳴き声に呼ばれてパパがやってきた。

「どうしたエンペラー？　……ああ、氷嚢《ひょうのう》がぬるくなったのか。今新しいのに替えるな」

「ガフッ」

うちの狼さん有能過ぎない……？　一日学習しただけで、看病の仕方を心得てしまっている。

パパに氷を新しくしてもらったところで、再びエンペラーの耳がピクリと反応した。ピンと耳を立てたエンペラーはベッドから起き上がり、部屋の扉の前でお座りをする。

誰か来るのかな……？

狼なだけあってエンペラーは耳がいい。こちらに向かっている足音が聞こえているのかもしれない。

しばらくするとコンコンと扉がノックされた。

「シロちゃん今日もお見舞いに――」

「ガウッ！　ガウッ!!」

「うわっ⁉　どうしたのエンペラー⁉」

アニが扉を開けて部屋に入ってこようとした瞬間、エンペラーが威嚇《いかく》をするように激しく吠《ほ》えた。

これにはアニや一緒に来ていたシリルもたじたじだ。

「隊長、エンペラーが部屋に入れてくれないんですけど」

「あー、多分これはお前達を追い返したいんだな」

上手く状況が呑み込めてない二人に、パパがエンペラーの意図を説明してくれる。

「え、俺らエンペラーに嫌われることした？」

パパの説明に少しショックを受けた様子のアニ。それにパパが首を振る。

「お前らが来るとシロがはしゃいじゃって中々安静にしないからな。昨日はしゃぎすぎたみたいで熱がまた上がったし……エンペラーはそれが嫌なんだろ」

「あ～、なるほど」

「確かに昨日は騒いじゃったしね。じゃあ僕達は退散することにします。シロの顔も見られたし」

「すまないな。気持ちだけは受け取っておく」

二人は挨拶をするとほんとにあっさり帰っていった。治ったらちゃんとお礼をしよう。

するとエンペラーも私の隣に再び戻ってきた。あったかい毛皮が私を包んでくれる。

「ガウ……」

そっとその毛皮を撫でると、もう眠れと言われた気がした。まるで母親のような温かさに包まれた私はその後夢も見ずにぐっすりと眠った。

さて、数日して私の風邪はすっかり治った。今日は快気祝い兼、私とウイリアム、そしてセバスの入隊祝いとして、特殊部隊の面々が飲み会を開催している。

……なんで私が主役の一人なのに私が飲めないお酒でお祝いするの？　絶対みんなは何かしらの理由をつけて飲みたかっただけだと思うんだけど。まあご飯がおいしいらしいから許す。

そんな訳で、私達は王城の近くのバーに来ている。

まだ五歳なのにバーデビューしちゃった。ちょっと大人の階段を上った気分。

やたらと高いイスに座ったパパの膝の上で、私も寛いでいる。バーにいるパパは普段の五割増しで色男だ。

パパがかっこよくマスターに話し掛ける。

「マスター、いつものを頼む」

「かしこまりました」

手慣れたやりとりなんだろう。パパの言葉で即座にカウンターの向こうのマスターがグラスを用意する。やってみたいな、と思って私もパパの膝から元気よく手を挙げた。

「マスター、いつものをたのむ」

「シロは初めて来ただろ」

そっとパパに手を下げさせられる。初めてのチャレンジはそれで終わってしまった。残念。

「じゃあマスター、ばーぼんを」

私はキリッと凛々《りり》しい表情を作り、唯一知っているお酒を注文してみた。

すると私の前のカウンターに茶色い液体が並々と注がれたコップが置かれる。

「どうぞ」

「ありがとう」

そのままゴクリと一口。

……ただのアイスティーだった。ほんの少しだけ期待してたのでがっかりだ。素直にジュースを頼めばよかったかもしれない。

おつまみのチーズをもにゅもにゅと咀嚼《そしゃく》していると、ほろ酔いのアニがやって来た。

「シロちゃん飲んでるぅ～？」

「アイスティーをね」

「ははは、まだ未成年だもんね。かわいい。これからセバスとウイリアムに隊長の面白エピソードを無理矢理聞かせるところなんだけど、シロちゃんも混ざる？」

「混ざる混ざる!!　全力でミックスされるよ!!」

「おいアニ、シロが聞くんだからかっこよく話せよ。多少の脚色は許す」

「了解です隊長！」

アニは綺麗な敬礼を披露した。

私とパパはグラスとおつまみを持ってソファーへと移動する。

「そうだ！　せっかくだから隊長から話してくださいよ。そっちの方が正確でしょ？」

アニがパパにそう言う。パパは仕方ないなと言いつつ、満更でもなさそうに話し始めた。

「あれはこの特殊部隊が発足して数年経った頃――……」

シロのいない特殊部隊（ブレイク視点）

その日はセインバルト王国の王城に勤める全部隊の対抗試合が予定されていた。王族の護衛を担当する近衛部隊や、騎士の面々、食堂の担当から清掃まですべての部隊が集まる年に一度のお祭りだ。国民にも王城が開放され出店が立ち並ぶこともあり、観客も多く集まってくる。

一位の栄冠に輝けば、国王から賞品を渡される。……それ自体にはほとんど興味はないが、強さが売りである特殊部隊としては負けるわけにはいかないという訳だ。

試合はトーナメント形式で進められ、各部隊から代表五名を選出して実力を競う。

勿論、内務を担当する部隊もあるが、いざという時に足手まといでは困るということで、普段は荒事を担当しなくてもこの対抗試合には出る必要がある。王城で勤めるならばそれなりの実力を要求されるということだ。

その中でも武力では頭一つ抜けている特殊部隊か、近衛部隊が優勝すると誰もが予想していた。

「――食中毒ぅ？」

しかし、当日の朝、俺は城付きの医師にそう聞き返すことになった。

「俺以外の全員が？　このタイミングで？」

「はい、昨日の夜中に特殊部隊の隊員達が医務室に雪崩《なだ》れ込んできました」

「昨晩事前の祝勝会で食った料理にあたったのか……？」

「……おそらくは」

医師はそんなことをしていたのか……と呆れた様子だったが、そこまでは言わず口を噤《つぐ》んだ。

仕方あるまい、俺たちが勝つのが既定路線だ。それで、回復が間に合うのか？　と聞くと医師はあっさりと首を振った。それから慰めにもならない言葉を続ける。

「まあでも事情が事情なので辞退はお許しいただけるでしょう」

仕方がないことですし、と医師はさらに続けようとしたが俺はその言葉を遮《さえぎ》った。

「はぁ？　何言ってんだ。あいつらがいないなら俺が一人で優勝すればいいだけの話だろ」

「…………は？」

困惑する医師を無視して俺は話を続ける。

「原則は五人参加だが少ない分には問題ないだろう。事情を話せば陛下もお許しくださるさ」

「本気ですか？」

「勿論だ。じゃあウチの奴等は頼んだぞ」

「それは任せてください。出来るだけ早く回復させてみせます……ですが」

それ以降の言葉を聞く気はなかった。

「頼もしいな。それじゃあ俺は開会式に向かう」

医師に礼を言って俺はその場を後にした。

そして迎えた開会式。開会式では部隊ごとに出場者以外も整列する必要がある。ゆえに、広い闘技場では二十〜三十人程の列が何本も並んでいる。そこは例年通りだ。

だが異例の事態に観客も、開会式に参加するために整列している者達もざわついている。

それは、幾本も並んでいる列の一番端——本来なら特殊部隊全員が居るはずだった場所に、俺が一人で佇《たたず》んでいるからだ。

ざわめきを無視して俺は空を見上げる。

他のメンバーがいないと静かでいい。揉めごともないし。

「さて、あいつらに吉報でも届けてやるか」

俺は真っ青な空を仰《あお》いで、そう呟いた。

「ブレイク、なんでお前一人なんだ？　他の奴らは……」

開会式も終わり、隣に並んでいた調査部隊の隊長、ウェイが声を掛けてきた。スパイのような事柄を扱う彼らはこんな時も顔を布で覆っている。変な男だ。まあ特殊部隊のメンバーに比べれば多少はまともかもしれないが。

「全員食中毒になったから、医務室でお泊まりだ。俺を除《の》け者にしてな」

「はぁ!?　お前そりゃあ……」

「だから俺一人で出場することにした」

「マジか……。まあブレイクならやりそうではあるな」

ウェイは、勝手に納得したようでうんうんと頷く。

調査部隊は戦闘に特化しているわけでもないので、この試合のことに関してはどこか他人事だ。

「確かに優勝賞品は魅力的だが、この大会なんてほぼ特殊部隊と近衛部隊の一騎討ちだろ？　俺達も含めて皆それを見に来てるし。まあ何か手伝えることがあったら言ってくれ」

「よしじゃあ遠慮なく頼まれてもらおう」

「……お前、俺が手助けを申し出るのを待ってただろう」

ウェイにジトリとした目線を向けられたが、俺は軽く受け流した。

手助けしてもらいたい内容を伝えると、ウェイは神妙に頷いた。

「じゃあ、こんなもんでよろしく頼む」

「分かった。早速試合に出ない部下に取り掛からせよう」

「どうせお前も一回戦か二回戦で終わるだろ。部下だけに面倒を押しつけんなよ？」

「うるせぇな！　んなこと分かってるわ！」

ハハハと笑って俺はその場を離れる。まあ、小細工などなくても勝てる自信はあったが向こうが小細工をしてくるというのならこっちも手加減は不要だろう。

控え室に向かっている最中、先程話題に出た近衛部隊とすれ違った。恐らく試合に出場する五人だろう。あからさまにこちらを睨みつけてくる者と、目を逸らして無視を決め込む者がいた。順調にいけば近衛部隊とは決勝戦で当たることになる。この二部隊がこの試合の目玉なのでそういう風にトーナメントが組まれているのだ。

近衛部隊の彼らは急いでいるのか、早足に去っていった。

「ピリピリしてんなぁ……」

せかせかと歩いていく奴らを後目に、俺は出店で売っていた焼き鳥を一つ口に入れた。

「うん、うまい」

さて、一回戦は清掃部隊と当たった。彼等は皆刃を潰した試合用の剣を持っている。

「あれっ？　お前ら武器は箒とかモップじゃないのか？」

「そんなもんで戦えるか!!　出来るのはお前らみたいな超人だけだ！」

「試合前にそんな褒めんなよ。本気出したくなるだろ」

「あ、褒めてないので手加減はしてくださいね」

清掃部隊の隊長とそんななんとも気の抜けるやり取りをする。

向こうの隊長は大声で部下を鼓舞している。どう考えても勝てないだろう俺に対して、負けないように必死になるあたり、清掃部隊のやる気が見える。

「いいか！　どうせ正面から戦っても勝てないんだ!!　砂を投げて目潰しをするとか、人道に反しない限りでどんなことでもするんだ！　……って、おいっ!!」

「ん？　なんだ？」

彼らの演説の隣で、一人ぼっちの俺は眼球保護のゴーグルを着けている。清掃部隊の隊長が唾を飛ばすような勢いで叫んだ。

「お前っ！　剣以外の道具は持ち込まない決まりだろ！」

「ああ？　お前ら、もっとちゃんと大会の要項を読めよ。『出場者は指定の制服をまとい、持ち込んで良い武器または道具は一部隊で五つまでとする』って書かれてるだろ。俺は一人だから剣もゴーグルを持ち込んで何の問題もないわけ。本当はシリルお手製の爆弾とか持ってこようと思ったが止めといたんだ。感謝しろ」

「「「ありがとうございます」」」

清掃部隊の面々は俺の言葉を聞いた瞬間に、それはそれは綺麗な九十度の礼を披露してきた。

試合はもちろん俺の圧勝で終わった。

途中から俺の方が箒で戦い始めるという愉快な試合だったので大いに観客が沸いた。相手の清掃部隊の面々が楽しそうに戦っていたのも、試合の空気を良いものにしたのだろう。

その後も二回戦、三回戦、準決勝と順調に勝ち進んでいき、次は決勝戦というところまで来た。少々腹も減ったので出店で唐揚げを購入する。そこで誰かに話しかけられた。

「相変わらず化け物じみた強さだな」

「フゴ？　ほへへほふはっはんは？」

「返事は飲み込んでからでいいぞ」

声を掛けてきたのはウェイだった。片手を上げて挨拶をする。

「よ、ウェイ。うえーい」

「そのイジリは死ぬほどされたからもう慣れた。それよりも、お前の頼みごとは大方済んだぞ。お前の予想通りだった」

「おっ、仕事が早いな。唐揚げを一個やろう」

「もらおう」

ウェイはモグモグと唐揚げを咀嚼《そしゃく》する。

「美味いだろう」

「ああ美味いな。もう一つくれ」

「もうない」

「……買いに行ってくる。お前も決勝頑張れよ、さすがに近衛部隊相手に一人は厳しいかもしれんがな」

「ハッ、誰に物言ってる。俺だぞ」

「その自信はいっそもう清々しいよな」

そうして俺は決勝の舞台に立った。勿論一人だが、決勝にして初めていつも使っている剣を手にする。近衛部隊の隊長、ブラッドリーが俺にキツい眼差しを向けてくる。昔から近衛部隊は特殊部隊をライバル視している。自分たちが直接王族を警備しているのに、特殊部隊の方が王族との距離が近いからだ。特に今の王太子である殿下は特殊部隊贔屓《びいき》でそれによって予算が多いのだ。

「優勝の名誉と優勝賞品は俺達がもらう」

「優勝賞品も名誉も俺はいらんな」

「なんだと!?　それがどれだけの価値を持っているのか分からないのか!?」

近衛部隊の五人が一斉に剣を構える。

そして決勝戦が始まった。試合開始の合図と同時に俺の周りを五人が取り囲み、同じタイミングで攻撃を仕掛けてくる。そして容赦なく剣が振るわれた。

――しかし、勝負は深呼吸一つの間に終わった。

俺が剣を振るい、近衛部隊の五人は地に伏した。一瞬遅れて大歓声が上がる。

「全く、人に刃物を向けちゃいけないって習わなかったのか？」

皆揃って何か言いたげだったが、誰も口には出さなかった。

表彰式では同じデザインの剣を五本もらった。五本もあるとありがたみに欠ける。

一人で出場するなど誰も予想していなかったので、優勝した俺に五本まとめて渡されたのだ。俺は自分の剣を腰に引っ提げて、さらに五本の剣をその腕で抱えるというなんともまぬけな状態になっている。

「……陛下、これ四本は売っていいですか？」

「ダメだ」

「じゃあ返品は」

「ダメだ」

表彰式の最中、陛下とそんなやり取りを小声でした。

「さて」

すべてが終わった後、邪魔な荷物を隊舎に置き、俺はウェイを伴い、ある人物達に会いに行った。

普段は訪れることのない近衛部隊の詰所の扉をノックする。

「よう、ブラッドリー。元気か？」

「お前のせいで元気じゃゃなくなった」

近衛部隊で反省会をしていたのか、ブラッドリーの近くにはブラッドリーの部下達もいる。

「何しに来たんだ。食中毒の部下の見舞いにでも行ったらどうだ」

「あいつらならほっといても回復するさ。まあここに来た理由はまさしくその食中毒についてだ。それが仕組まれたものだったと判明した。証拠も押さえてある」

「……何だと？」

ブラッドリーが怪訝《けげん》そうな表情になる。それもそうだろう。わざわざここに来て宣言したということは、自分達を疑っていると言っているようなものなのだから。

「まあ結論から言うと犯人はそこの新入りだ」

俺は控え室に行く途中でこちらを睨んできた男を指差す。そいつは一瞬で顔色を青くした。それだけで自白したようなものだ。ブラッドリーの眉間に皺《しわ》が寄る。俺はそのまま話を続けた。

「細工されていたのは隊舎に保管されていた食材だ。だが、今日特殊部隊の隊員達が発症したのはそいつの計算違いだったんだろう」

「……どういうことだ？」

ブラッドリーが問うてくる。

「細工がされていたのは祝勝会用の食材だ。つまり、俺たちは今日の夜に腹痛で苦しむ予定だった」

「……こいつは、大会でお前たちの邪魔をするつもりではなかったということか？」

「そうだ。むしろこいつとしては俺たちに勝ってもらわなきゃ困るとすら思っていただろう。……ブラッドリー、優勝賞品の剣を得ることは最大の栄誉なんだろう？　自分の所の隊員がそれを売ったらどうした？」

「許すはずがないだろう！　……まさか、それが動機だというのか？」

「その通りだ。こいつは俺たちに大会に優勝させ、それから剣を盗み出して金に換えようとしていたんだ。特殊部隊の強さは周知されているし、きっちり五人揃っていたら優勝は確定だっただろう」

「グウッ……!!」

ブラッドリーが鬼のような顔で隊員を振り返るが、俺はそのまま話し続ける。

「幸いと言って良いのか特殊部隊の隊舎はほぼ隔離されているからな、食中毒で隊員が医務室に殺到したら警備も薄くなる。そこを狙おうとしたんだろ。陛下から賜《たまわ》った剣を紛失すれば俺達特殊部隊の信用は揺らぐ。そこまで考えてたかは知らないがな。……だが、そいつの誤算は俺達が優勝祝いを大会当日の夜じゃなくて前日に行ったことだ」

「一体何をしているんだお前らは」

「そうだよなぁ」

ブラッドリーの発言にウェイがうんうんと頷いている。

そして試合を観戦していたというウェイが告げる。

「自分達が優勝しそうになってさぞヒヤヒヤしたことだろう。動きが鈍かったぞ」

王族直属である調査部隊の実力は確かだ。他の部隊からも情報の精度には揺るぎない信頼を得ている。その調査部隊の隊長が短い時間だったとはいえ半端な仕事をするはずがない。だから容疑者の上司であるブラッドリーも男が犯人であることを疑っていないのだ。

「まあそれで手を抜いて負けるのも癪《しゃく》だったから優勝したんだけどな」

俺はあえてあっけらかんと言い放った。

そこまでして金が欲しかった理由には興味はないし関係もない。あるのは私欲のために部下が害されたという事実だけだ。

そんなことをしているうちにウェイは一つの疑問に辿り着いたようだ。

「……ん？　あれ？　そういえばどうしてブレイクは食中毒になってないんだ？　部下と同じもん食ってたんだろ？」

「あ？　俺の体はそんなもんじゃ影響が出ないように作られてんだよ」

「お前の胃袋は鋼鉄でできてんのかよ。他の全員がダウンしてるのにブレイクだけピンピンしてるとか……」

ドン引きするウェイに、俺は高らかに笑った。

そうして俺達の夜は更けていった。


「――とまあ、これで俺が一人で大会を勝ち抜いた話は終わりだな」

「パパ凄い!!　シロもその時もらった剣見たい!!」

「おお、じゃあ帰ったら見せてやる」

「やった！」

目をキラキラさせたシロが俺に抱き付く。いつになくテンションが高い娘の姿に嬉しくなる。だってこんなにかわいい。俺の長い話をウイリアムは酒を飲みつつ聞き、セバスは聞いているフリをして寝ていた。いい度胸だなお前ら。唯一真面目に話を聞いていたシロが大喜びしているからなんでもいいが。

「そういえばそろそろあの大会の時期だな。今年はシロも隊員だからな、なんらかの形で参加出来るぞ。パパと一緒に出店を回ろうな」

「うん！」

こうして隊員達と娘のいる夜は今日も更けていった。

シロと初めての部隊対抗試合

パパから話を聞いてからというものの、私はさらに強くなるために訓練を続けている。つまりエンペラーと走り回ったり、ボールを投げたりと忙しい。

「ふんふん♪　ふんふん♪」

「ガウガウ♪　ガウガウ♪」

今日は、エンペラーと訓練所を散歩していた。定番となった今日の着ぐるみは狼。エンペラーとお揃いで嬉しい。

「うわあああ、かわいいかわいい狼さんが歩いてる……!!」

私の見張りという体でうずくまっているアニは放置する。

「む？」

そんなこんなで、訓練場の中をしばらく歩きまわっていると前方にお肉が現れた。淡いこげ茶色でムチムチしていておいしそう。私の頭の中に選択肢が浮かぶ。

↓食べる　or　食べない
↓食べる
食べる。うん、肉は食べるものだよね。

お肉までそーっと近づくと、私は常時携帯している胡椒と塩をポシェットから取り出し、目の前の肉にシャカシャカと振りかける。

「ガウ……？　ガウッ！　ガウッ！」

するとにわかに隣のエンペラーが騒ぎ出す。

「え、ちょっ……！　シロちゃん!?　ストップ!!　ストーップ!!」

後ろから追いついてきたアニも騒ぎ出す。うるさいなあ、分けてあげるから大丈夫だよ、と無視して味付けした肉にかぶりつこうとした瞬間。

「あーん、……ん？」

急な浮遊感が襲った。ぷらーんと足が地面から浮いているような……後ろを振り向くと、そこには見慣れた顔。

「あ、パパ」

「シロ、そんなに塩をかけたら塩分の摂り過ぎになるだろ」

「隊長、ツッコむのはそこじゃないですよ」

「すまんアニ。あー……シロ、食欲旺盛なのはいいことだがこの方はだな……」

パパに抱き上げられて初めて分かった。私が肉だと思っていたのはパンツ一丁の筋肉質な巨人だった。そんな私の元捕食対象は白い歯をきらめかせて笑っている。パパも結構身長が高い方だが、この巨人はパパよりも頭一つ分以上背が高い。いったい誰なんだろう。

というか、パパが敬語を使ってる……

「――父上っ!!」

その時、大きな声が響き渡った。おお、この巨人は誰かの父親だったのか。それならば最悪な想像は間違っているかもしれない――誰だろうと声がした方を向いてみると、父上！　と言って走ってきたのは殿下だった。

その腕には恐らくこの人のであろう衣服が掛けられている。……ん？

「殿下のお父さんってことは……やっぱり、この人って王様？」

「いかにも！」

独り言のつもりだった私の呟きに返事があった。

ひえええええええええ!!　王様の背中に塩コショウをかけてしまった。なんでシロの権力センサー反応しなかったの!?

とりあえず誠心誠意謝っておこう。

「食べようとしてしまって、ごめんなさい」

私はパパの腕の中でペコリと頭を下げた。そんな私を見て陛下は豪快に笑った。

「ハハハハハ！　気にするなブレイクの娘よ!!　狼は皆肉が好きだ！」

本当に狼なわけではないんだけど、もしかして殿下といい、陛下といい王族の人たちって天然なんだろうか。

首を傾げていると、真面目な顔をして殿下が陛下に頷いた。

「そうだぞシロ、むしろ父上はこんなにかわいい狼と触れ合えたことに感謝すべきだ」

「ん？　息子よ、お前はそんな性格だったか？　何やら犯罪の気配がするが」

「父上も露出が過ぎるとそろそろ犯罪ですよ。ほら、服を着てください。シロの教育に悪い」

殿下は持っていた洋服を陛下に投げつけた。

「まったく、俺の肉体美に嫉妬するな息子よ。ハハハハハ!!」

「してません」

最高権力親子のやり取りを見ているとパパが私の頭を撫でて、フードを被《かぶ》せた。

「安心しろ、陛下は洋服を着るのが嫌いなだけのただのマッチョだ。間違えて食べようとしたくらいで怒ったりしない」

「ほんと……？」

私はフードを少し持ち上げて、パパを見上げた。ちらっと陛下を見る。あ、いつの間にか服を着ている。さすがに王様だけあって、豪奢《ごうしゃ》な洋服を着た姿は威厳に満ちている。うーん、本当になんで気が付かなかったんだろう。というか、あんな所で何をしていたんだろう。

「ああ、ほんとにシロはかわいい」

「論点が急にズレたね。もう修正不可能なレベルだよ」

顔の筋肉を緩ませたパパは頬擦りしてくる。その様子を見た陛下は目を見開いた。

「おお、噂には聞いていたがブレイクは本当に親バカになったのだな」

「今の俺には褒め言葉ですよ、陛下」

パパは陛下の言葉に胸を張る。親バカは褒め言葉じゃないと思うなぁ。そんな事を考えていたら地面に降ろされた。

「パパはこれから陛下とつまらない話をするから、シロはエンペラーと遊んできな」

「分かった！　エンペラー、行くよっ」

「ガウッ！」

私はエンペラーと走り出した。今日は鬼ごっこをするのだ。そして大会にも勝つのだ。数時間全力で走り続けた私は、疲れてしまったのでエンペラーと地面に座り込んだ。そしてそのままもふもふな尻尾を抱っこして、眠りについて……


私が寝た後、こんな会話が交わされていたらしい。

パパと話し込んでいた陛下が眠ってしまった私に気付く。

「ん？　お前の娘は随分変わった寝方をするのだな。実に愛らしい」

「――ああ、あれは『ごめん寝』だな」

＊＊＊

「おーい、今度の大会に出る面子《めんつ》決めんぞ～」

陛下と出会った翌日、パパの呼び掛けで特殊部隊のメンバーが集合した。

そうか、全員が出られるわけじゃないのか。出る人って強い順で決めるのかな？　特殊部隊の全員が揃っているようで、知らない顔もちらほらいる。

パパ以外に負ける気はしないけど……。そう思って気合を入れていたら、パパはずいっと私たちの目の前に丸い穴の開いた紙箱を差し出した。

「よし、順番にクジを引け」

「え、クジで決めるの？」

私はパパに尋ねる。さすがにそんな栄誉あると言われる大会への選出がクジだとは思わなかった。

パパは面倒くさそうに頭を掻きながら頷く。

「隊長の俺は出場するのが確定だからな、あとは誰が出ても結果は変わらん。あ、シリルお前はクジに参加するなよ。ルール違反で失格になる」

「残念です。爆弾だって立派な武器なのに」

「お前が闘技場をふっ飛ばす威力のを使うからだ」

シリルはしょんぼりして手持ちの爆弾をいじり始めた。

パパの持つ箱から次々にクジが引かれていく。これ私も引いていいのかな？　そう思っているとちょうどパパが私の方に箱を差し出した。

「ほら、シロも」

「いいの？」

「当たり前だ。もうシロだって特殊部隊の一員なんだから」

私は差し出された箱に手を突っ込み、指先に触れた紙を手に取った。

すると例によってテンションの高いアニがハキハキと喋り出す。

「よ～し、みんなクジは引いたな？　じゃあせーので開くぞ！　せ～のっ!!」

バッ！　アニの合図で私も四つ折りにしてあった紙を開いた。

「――よっしゃあああああああ!!」

「くっそおおお、今年もハズレかよぉぉ!!」

阿鼻叫喚。急にみんな叫ぶからビックリした。あまりの周りの声の大きさで自分の紙を見られなかった。パパが私の持っている紙を覗き込んでくる。

「お、シロも当たりか、流石《さすが》俺の娘、強運だな～」

私はパパに抱き上げられて頬をスリスリされた。手元の紙に視線を落とすと確かに「当たり」の文字がある。

私も褒められて悪い気はしない。

「むふふ」

「かわいい。さて、ウチの愛娘《まなむすめ》の他に当たった奴は誰だ～？」

パパが尋ねると勢い良く手が挙がった。アニとエルヴィスだ。

――そしてもう一人。

「……僕もですか」

ゆったりと前に出て来たのは、クールな印象の青年。何というか、シュッとしたイケメンである。

青年を見て私は目をまんまるにした。別に顔に見惚れたからではない。注目すべきはその装備だ。

……腰にゴージャスな鞭《むち》がついていらっしゃる。

思わずパパに縋《すが》りつくと、青年がこちらを見た。パパが青年に話し掛ける。

「おう、お前も帰ってきてたのか」

「ええ、昨日任務から帰還しました隊長。……隊長が抱いている少女は？」

「俺の娘だ。ほらシロ、自己紹介できるか？」

パパに優しく促されたので自己紹介をする。

「パパの娘のシロです。名前はパパが付けました。五歳です。特殊な性癖はありません」

「誰だ、シロに性癖なんて言葉を教えたのは。アニは反省しろ」

「もう俺って確信してるなら尋ねる意味なくね？」

アニは文句を言えど否定はしなかった。まさしくこの前、アニに自己紹介には性癖が必須と教えられたのだけど。五歳児に間違った常識を教えるのはやめていただきたい。

青年はこちらに向き直ると少しだけ微笑んだ。

「初めましてシロ、僕はエスです」

「え、そんな初対面で性癖を暴露されても……」

「!?　違います!!　そうじゃなくてっ！　僕はエスだけどSではないですっ！」

「？　……なぞなぞ？」

「っははは！」

難しいな……。私は唸りつつ首を傾げた。パパは大爆笑している。楽しそうで何よりだ。

彼は一度深呼吸すると、もう一度しっかりと私を見つめた。

「僕の名前はエスですが、僕はSではありません」

「なるほどなるほど」

私は腕を組んでコクコクと頷く。そんなに不安そうな顔しなくても、私はちゃんと分かってるよ。

「つまり、ドSってこと？」

「違います！」

違ったみたいだ。涙目になったエスはなんだかちょっとかわいらしい。そのままお話ししようと思っていたら、パパが隣から割り込んだ。

「そうだエス、今回の任務は二人っきりだったから大変だったろ。大会の日まで休みにするか？」

「いえ働きます、働かせてください」

「……まあ、そう言うと思ったからもうお前のための仕事は入れてある訳だが」

エスは間髪入れずパパの問いに返答した。花咲くような笑顔で労働を喜ぶ姿を私は理解できない。パパも何気に鬼なのでは。私がジトリとした視線を向けるとパパは慌てて弁明を始めた。

「違うんだシロ！　パパは何度もこいつに休めと言ってるんだがこいつが一向に頷かないんだ！」

パパの発言にエスがクールに返す。

「当たり前でしょう。目の前に命令というご褒美があって食いつかない犬はいません」

「お前に比べたら犬の方が『待て』ができる」

……ん？　なんか目の前のクール系イケメンが変なこと言った気がする……

「パパ、ちょっと耳がおかしくなったかもしれない」

「俺のシロはおかしくなんかないぞ。現実を受け止めるんだ。ほらおいで」

「なんですか？　放置プレイですか？　流石《さすが》隊長とその娘さん、ツボが分かってますね。ご褒美です」

エスは真顔でスラスラと言葉を紡いでいく。

「誰、この人をクール系イケメンって言ったの」

「シロ以外はそんなこと言わないし思わないぞ」

ウチの奴らは全員、エスの本性を知ってるからな、とパパが言う。

「期待した私がばかだった……」

がくり。この隊に普通のイケメンなんていなかった。知ってたはずなのに……

「シロにはパパがいるだろ？」

パパにぎゅううっと抱き締められていると、エスが微笑ましげにこちらを見つめていた。

「どうしたのエス？」

「……いえ、なんだか懐かしい気がしただけです」

「ふ～ん」

妹でもいるのかな。

ふわっと微笑む姿はやっぱり格好いいんだけどな。そう思ったとき、パパが私を抱きしめる腕の力がギュッと強くなった。ちょっと痛いので、手加減してもらおうと顔を上げる。

「パパ！　パパ……？」

「ん？　なんだシロ」

痛いよ、と言うと、すぐに力を緩めてくれた。ほっとする。でもビックリした。一瞬、パパが凄い形相でエスを睨んでいた気がしたから。

「隊長、その蔑《さげす》むような鋭い視線はご褒美ですね。毎回ありがとうございます。仕事頑張れます」

……そうか、エスへのご褒美だったのか。真顔で興奮するって新しいね。

「……そういえば、エスはアニみたいに叫んだりはしないの？　さっきから淡々と悦《よろこ》んでるけど」

「あいつと一緒にしないで欲しいです。僕は人が不快に思う行為はしません」

そう言ってエスはあからさまに嫌そうな顔をした。

「発言は躊躇《ちゅうちょ》しないけどな」

「おおぅ……」

危ない危ない。パパの一言がなければ良識のある大人だと勘違いするところだった。そもそも武器が鞭《むち》な時点でちょっとおかしな人なのに。

「どうしてエスの武器は鞭《むち》なの？」

「いつでも相手に差し出して打ってもらえるように」

「わお」

「――というのは一割冗談で……」

「九割本気はもうそっちが本音じゃない？」

「筋肉が付きにくい体質なので、素早さを重視したらこうなりました。あとは趣味です」

「結局趣味じゃん」

するとエスはなぜか腰の鞭《むち》を私に差し出した。

「どうです？」

「どうにもしないよ。エンペラー！　いい遊び道具が手に入ったから遊ぼ〜」

「ガウッ！」

私が鞭《むち》をちょろちょろと振るとエンペラーが勢い良く飛び付いてきた。前足をフリフリしてじゃれるエンペラーがかわいい。そして私達はそのまま外に飛び出して遊び始めた。

＊＊＊

そして、なんやかんやで大会当日。

エンペラーはお留守番だ。流石《さすが》に会場には連れてこられなかった。

見送りの時のエンペラーのクゥ〜ンという鳴き声はまるで怪我をしないようにと言っているようだった。やっぱり過保護だね。

会場に着くと同時にパパの知り合いだという人に絡まれた。怪しげな布で顔を隠している。もにもにっとほっぺたを揉まれた。

「おお、お前がブレイクの娘か〜。かわいいなぁ〜」

「知ってるます」

「おっとあんまりかわいくなかった」

あんまりかわいくなかったと言いつつ、私の頭を撫でる手を止めない。ちょっと困っていると隣にいたパパがこの男の人の正体を教えてくれた。

「シロ、こいつはウェイだ。前に話した調査部隊の隊長だぞ」

「ウェイ？　うぇ～い！」

「……父娘《おやこ》だなぁお前ら」

ウェイさんは慣れたように、私が差し出した手にタッチで応えてくれた。優しい人だね。

「にしても、こんなちっこいシロが特殊部隊に入れたなんてなぁ」

「安心して。縁故採用だから」

「そりゃ安心だ」

ははは、はっと笑ったウェイさんがガッシガッシと頭を撫でてくれた。

するとその時、招集のアナウンスが辺りに響く。

「……お、そろそろ時間か。開会式に行くぞ。いいか？　二人共、くれぐれも俺の部隊と当たったら手加減するんだぞ？」

「お前五歳児に手加減求めんなよ」

パパは呆れたように、だけどどこか楽しそうにウェイの言葉に答えた。

さて、開会式の整列が段々と進んでいる。まだ半数程しか揃っていない中で、皆が遠巻きにしている場所があった。そこには言わずもがな特殊部隊が揃っている。

そこから少し離れた所では周囲に紛れて背景に溶け込もうとしているエルヴィスがいた。

「…………エルヴィスあれ、おたくの弟さんじゃないの？」

「いや、ウチにあんな子はいません。赤の他人です」

何故か私に対しても敬語のエルヴィスに、パパが哀れみの視線を送っている。

「あ！　シロちゃん!!」

「こっち来たよパパ」

「来たなシロ」

おそらく満面の笑みでこちらへ向かってくるのは見知った顔だ。大きく手を振りながら走って来ている。——制服も着ているし、声もいつも通りなのにアニかどうかが分からないのは中々に怖い。

「シロちゃんおはよう。今日もかわいいね」

「おはようアニ。……アニも今日はなんだかかわいい顔をしてるね」

「ふっふっふ～、気付いた？」

「たぶんそれで気付かない人はいないよ」

アニの顔面を覆っているのは、とっても見覚えのある幼女のお面。私が前にお土産で買ってきたものだ。まさかそれをこんなに観客のいる大会で着けるなんて……

「ふっふっふ、この日にお披露目するため、滅多なことじゃ壊れないように、加工に出してたんだ〜」

「アニ、お兄ちゃんは恥ずかしいよ……ん？　てことはお前、剣は？」

「俺はちゃんとルールを守れる男。もちろん置いてきたよ」

「その遵法《じゅんぽう》精神は他のところで使ってほしかったなあ」

確かにアニは手ぶらだ。五人のチームにつき、持ち込める道具は五種類までというルールに従った結果、お面を武器よりも優先したらしい。だからって普通剣は置いてこないでしょ。

すると、ヒュンッと音がして一瞬でアニの体に鞭《むち》が巻き付いた。

鞭《むち》を持っているエスが悠然とこちらに歩み寄って来る。

「隊長、不審者を捕らえたのでご褒美に踏んでください」

「一応俺の部下だから踏まない。どうしてもってんならシロにでも頼め」

「もうやってもらいました」

「人の娘に何させてんだテメェ」

「隊長が頼めと言ったんじゃないですか。背中を踏んでもらったのですがマッサージのような気持ちよさで僕の求めていた気持ちよさとはちょっと違いました。でも心が浄化されました」

「心が洗われてそれなのか……」

うん、踏んでって言われたから背中に乗ってふみふみしたよ。肩こりが治ったって言ってた。

「クソッ、羨ましい!!　俺もシロちゃんにマッサージされたい！」

鞭《むち》で縛られたアニがウネウネピョンピョンしてる。ちょっと気持ち悪い。そんなアニに巻き付いた鞭《むち》をエスがクイックイッと何度か引っ張る。

「？」

エスが首を傾げた。あれ、なんか予想外みたいな顔をしているけど大丈夫かな？

「エスどうしたの？」

「……ほどけません」

「「え」」

アニ（お面付き）の鞭《むち》巻きが完成した瞬間だった。

開会式が終わり、エスが必死に鞭《むち》を引っ張って控室までアニを連れて帰った。それから一生懸命鞭《むち》をほどこうとしてるけど、その度に鞭《むち》がどんどん絞まっていっている。

「イデデデ！　ちょっ!?　エス！　確かに俺は変態かもしれないけどこっち系の趣味はないからっ!!」

「何でほどけないんですか羨ましいっ!!　アニちょっと場所代わってください」

「出来たらそうしたいんだけど!?」

大声で騒ぐ成人男性約二名。私達が二人と距離をとったことは責められまい。

「――で、どうするんだこの状況」

エルヴィスが仁王立ちで腕を組んでいる。もっともだろう。現在、五名中二名が武器を使えない状態なのだ。ただ、今回に関してはそこまで怒るほどではないんじゃないかな。

そう思ったときパパがしれりと言った。

「別に問題ないだろ」

「シロもそー思う」

パパの言葉に賛成する。正直アニとエスが抜けたくらいで優勝は揺るがないんじゃなかろうか。パパの話だと、パパ一人で優勝できちゃったらしいし。

「まあそうですよね」

結局エルヴィスも肩をすくめて私達に同意した。

「――ってことで俺とエスは場内応援団としてシロちゃんの勇姿をこの目に焼き付けておくね」

「仕方ないですね」

アニの発言にエスが続く。

呑気な二名の頭をエルヴィスがガシッと掴んだ。

「仕方なくねぇんだよ！　お前らは説教だ」

「はっ！　兄さん!!」

「なんだよ」

「両手が使えないからシロちゃんの隊服戦闘シーンが撮れない!!」

真剣な顔でそう叫んだアニに無言の拳骨《げんこつ》が落とされた。

「エルヴィス、僕は肉体言語でのお説教がいいです。さぁ、ドンときてください」

「フンッ！」

「ああっ！」

両手を広げたエスを遂に辛抱堪《たま》らなくなったエルヴィスが殴った。そして上がる悦《よろこ》びの声。衝撃で尻餅をついたエスはキラキラと瞳を輝かせた。

「その調子ですエルヴィス！　さあもっと叱ってください」

「〜〜っこんの変態バカ共!!」

控室一杯にエルヴィスの怒鳴り声が響き渡った。

そんな緊張感のかけらもないやり取りを続けていた時だ。

トントン。

「ん？」

特殊部隊の控え室のドアがノックされた。

「はいってま〜す」

「シロ」

「あ、殿下！」

入っていると言ったにもかかわらず、勝手に入室してきたのは殿下だった。殿下は私と目が合うとニッコリと笑って近づいてくる。

「シロ、いつもの着ぐるみもかわいいが今日の隊服も似合ってるな」

「ありがとう！」

気がついたら殿下の腕の中にいた。なんたる早業《はやわざ》。ヒュンスポッだった。そう、今日私が着ているのは新品の隊服だ。きちんと五歳の女の子仕様で、ズボンがキュロットスカートになっている。しっかり褒めてくれて嬉しい。

胸を張ると、殿下にほっぺ同士をすりすりされる。……ほんとに殿下は私のほっぺが好きだね。

「そうだな、今日特殊部隊が優勝したら賞品以外にもご褒美に何か買ってやろう。いや、シロのかわいさはもう優勝だな。だから欲しいものを考えておくんだぞ、お兄ちゃんが何でも買ってやる。一緒にお出掛けでもいいぞ」

「大会全然関係ない……」

「てかお前、何さりげなくシロの兄ポジションに収まろうとしてんだよ」

パパがさっと私の体を殿下から奪還する。パパはじっと殿下を見つめて言った。

「何しに来たんだ殿下」

「シロの応援だ。ついでに隊服姿のシロを愛《め》でに来た」

「ついでがメインだろ」

殿下はニコッと笑って否定も肯定もしなかった。それから再び殿下にウリウリと頭を撫でられる。

「それじゃあシロ、時間だからボクは戻るよ」

「うん、殿下またね」

殿下に向かって手を振ってお見送りをした。

「いくらシロがかわいいからってこんな短い時間にまで会いに来んなよ……」

上機嫌で去っていった殿下にパパはちょっと呆れ気味だった。

「隊長、シロ、時間です」

お説教を終えたエルヴィスに声を掛けられた。エルヴィスの背後のアニは若干拗《す》ねているがエスはなんだかキラキラしている。エスにとってはご褒美だったんだね……

「シロ、いけるか？」

「うんっ！」

私はパパと並び、堂々と入場した。

＊＊＊エルヴィス視点＊＊＊

そして試合が始まった。俺にとっては試合が始まった瞬間に終わったと言っても過言ではないが。呆然と立ちつくす。

「エルヴィス、ファイトです」

ひっそりとエスが俺を応援していた。

「いや、頑張れも何も、あれは間に入れないだろ……」

呟き、唾をのむ。俺の声はどこか興奮の色を帯びていた。俺達三人の……いや、ここにいる全員の視線の先には阿吽《あうん》の呼吸で剣技を繰り広げる一組の父娘《おやこ》がいる。

見事。父娘《おやこ》の剣技はその一言に尽きた。

あまりの実力の違いに、シロと戦う相手の方が子供に見えたほどだ。

「「「がんばれ～」」」

俺は早々に戦闘に加わるのを諦め、応援団の仲間入りをした。常識人は判断も早くあるべきだ。

さて、目の前では蹂躙《じゅうりん》とも言えるほど一方的な戦いが続いているわけだが、会場の空気は殺伐というよりもむしろほのぼのとしている。その理由は明らかだ。

「おりゃぁ！」

「てひゃあ！」

「んにゃあ!!」

「ちょわああ！」

大人顔負けに剣を振るっているシロが上げる掛け声がどうにもマヌケでかわいらしいのだ。力の抜ける掛け声を聞いた観衆は例外なく笑みを浮かべてしまっている。とはいえ、殺傷能力がないはずの木剣《ぼっけん》から竜巻のように風が吹きあがったり、一瞬で大人の背後を取ったりしているシロの身体能力はとんでもない。そんなシロを見ながら、隊長は満面の笑みで剣を振るっていた。

「シロちゃんかわいいっ!!」

「隊長笑顔で人を蹴散らしてる……こわっ」

「相手側になって隊長に蹴散らされたい……」

「隣も怖かったわ」

程なくして一回戦は終了した。結果はもちろん特殊部隊の勝利だ。

隊長がシロを抱き上げて頬擦りする。その様子も見慣れたものだ。

「シロ〜、頑張ったなぁ！　パパは誇らしいぞ」

「んふふ〜」

隊長に褒められてシロは満更でもなさそうに胸を張る。隊長はそんな娘がかわいすぎて仕方がないといったように頬にキスを贈っていた。

すると会場中に届く音で放送が始まった。どうやら今年から実況が入るらしい。

『全ての一回戦が終了しましたね。今年はどんな感じですかシリルさん』

『そうですね。やっぱり今年の見所はウチ――もとい特殊部隊所属のシロでしょう。あんなにちっちゃくてかわいいのにめちゃくちゃ強いんですよ』

「シリルなにやってんの⁉」

俺は思わずツッコミを入れる。

『そうなんですか。あ、観客の皆様、本日は一回戦でさっさと敗退した調査部隊隊長ウェイと』

『ここに来るまでの身体検査が厳重過ぎて若干機嫌の悪い特殊部隊隊員、シリルが実況を務めさせていただきまーす。没収された爆弾は後で絶対返してもらうから』

『『よろしくおねがいしまーす』』

「シリル……姿を見かけないと思ったら……」

「ウェイのやつもう負けたのか」

毎度早々に負ける調査部隊隊長を、隊長は哀れむような顔で見上げていた。

その後も特殊部隊は順調に勝ち進み、遂に決勝戦を迎えた。

父娘《おやこ》が会場に足を踏み入れると大きな歓声が二人を包む。

「⁉」

いつも通り隊長に抱えられたシロは一瞬大きな音にビクッとしたが、みんなから笑顔を向けられていることに気が付くと、すぐに嬉しそうに顔をほころばせた。照れながらちょこちょこと手を振る姿は観客達を魅了する。

「ううっ！　ファンサも欠かさないシロちゃん、ほんっとかわいい！」

ついでにうちの弟も魅了された。

「ウチの娘がこんなにかわいい……」

「パパ？」

親バカな隊長は空いた片手で目を覆っている。俺がしっかりしなければ……と思うが確かに隊服のシロは愛らしい。

その一方で、こちらへの敵意を滾《たぎ》らせている相手も見える。決勝の相手は今年も近衛部隊だ。向こうはやる気満々で殺気だっている。特に、隊長にしてやられてばかりなのだろうブラッドリー隊長は目を血走らせている。

「お前らも毎年懲《こ》りないな、ブラッドリー」

その言葉に近衛部隊の面々はさらに殺気立つ。

「ブレイク！　今年の俺達はひと味違うぞ！　今こそ秘策を見せてやるっ……!!」

そう言って、まだ合図もないうちからこちらに剣を向けている。シロがぎゅっと相手を睨んだのが見えた。実況が盛り上がった声を上げる。

『おおっ！　高まって参りましたぁ！　それでは決勝戦スタート!!』

「さて、行くぞ」

合図と同時に、隊長がシロを降ろす。二人が勢いよく地面を蹴った。俺はそのスピードにはとても敵わない。せめて露払い程度はしなければ、と思いながら彼らの背につく。

「かかれぇええっ!!」

近衛部隊の方も負けじと声を上げ、両者の剣が交わる。

キンッ！

『――な、なんと……』

勝敗は瞬《またた》く間に決した。早すぎて実況のウェイ隊長が思わず声を漏らしたのが聞こえる。

『うおおっとおお！　勝敗が決まったあ！　優勝は今年も特殊部隊だあああああ!!』

「うっ、グスッ……」

歓声にかき消されるように、ブラッドリー隊長は泣きながら地に伏していた。ルーティンとなっている所作で汚れ一つない剣を払いながら隊長が近づいていく。

「すまんなブラッドリー。お前らは遊べるほど弱くないから逆にこんな早期に決着が……」

「――煽《あお》りにしか聞こえんぞ」

隊長としては中々強かったとフォローしたつもりなのだろうが、外野からはおちょくっているようにしか聞こえない。その横でシロがこっそりと隊長に尋ねる。

「ねぇパパ、結局あの人が言ってた秘策ってなんだったの？」

「シッ、傷を抉《えぐ》っちゃいけません」

シロのこそこそ話はばっちりブラッドリー隊長にも聞こえていた。本人に悪気はないんだけどな。ぎちりと拳を握りしめる音が聞こえて、俺は乾いた笑いを隠せない。来年も彼らと一戦交えることはおそらく決定事項だろう。

しかし、シロと隊長はもうブラッドリー隊長のことなど眼中にないようだ。

そっと隊長がシロを抱き上げる。

「シロ、今日はよく頑張ったな」

「んふふ。ぎゅう～」

褒められて嬉しくなったシロが隊長に抱き付く。わっと会場中が沸いた。

『なんと美しい父娘《おやこ》愛でしょう！　皆様！　優勝した二人に大きな拍手を‼』

「あ、俺らの存在なかったことにされた」

「まあしょうがないですね」

やっとのことで鞭《むち》をほどいたアニとエスは何もしていないのに疲労していた。それを手伝っていた俺ももう帰りたい。

閉会式と同時に表彰式が行われた。

「脱いでもよいか？」

「よくないです陛下」

今年の優勝賞品は王家御用達スイーツ店での一年間無料券だった。いくら頼んでも王家が会計を肩代わりしてくれるという破格の代物。

隊長と国王陛下の間で小声で行われたやり取りが観客に聞こえなかったのは幸いだろう。

「ほわああ……！」

「完っ全にシロのための賞品だな。考案者は殿下か」

シロの喜ぶ点を的確に突いている賞品に隊長は舌を巻いていた。夢のような賞品に舞い上がっているシロは隊長の呟きなど聞こえていなかったみたいだけど。

そして閉会式が無事に終了した。

シロの活躍が幸いし、試合全体が例年よりも早い終了となった。

「よし、まだ時間は全然あるな。シロ、今から屋台まわるぞ！」

「っ！　うんっ!!」

隊長に抱き上げられてシロは屋台へと繰り出して行った。

「元気だなぁ～……」

仲睦まじい父娘《おやこ》とは対照的に、精神面の疲労が強かった俺たち三人はさっさと帰って寝ることにした。

シロとクロの出会い

大会が終わると、早速賞品のスイーツ無料券を使って甘い物をたくさん食べた。

もふん。

もふん。

もふふふふん。

「へーわだねぇエンペラー」

「ガウゥ」

今、私は隊舎の庭で布を敷いて、エンペラーに大会の話をしてあげていたところだ。エンペラーはお留守番だったからね。色んな大人と剣をたちが剣を交えたこと。それを一瞬たりとも怖くは思わなくて、むしろ楽しくなってしまったこと。そのたびにパパが抱っこしてくれたこと。

全部全部話していたら、エンペラーが頬を舐めてくれた。

「エンペラー、私、天才なんだって」

いつもオーバーなことばかり言う皆に囲まれていたから話半分だったけれど、今回の大会でもしかしたらそれは事実なのかもしれないと思った。しかも特殊部隊の皆が言う「かわいさ」ではなくて、私が褒められたのは頭のよさと運動能力だった。

「こっちが普通なのかな」

「がう」

「分かんないねえ」

考えていると、エンペラーにころんと転がされた。まるで考える必要はないと言っているみたいだ。だんだん頭が痛くなってきていたからちょうどいい。

「エンペラー、ありがと」

うん、もふもふを抱っこした日向ぼっこは最高だなぁ。

「今日はなんかみんな静かだし、一日中ゴロゴロしよっか」

私はエンペラーを抱っこしたままゴロンと寝返りを打つ。こんな極楽を知らないのは損だ。あとでパパも連れてきてあげよう。でもそんな風にフラグを立ててしまったのが悪かったのかもしれない。

ズドンッ！　物凄い勢いでどこからか人が降ってきた。地面が抉《えぐ》れてこちらにも土の破片が飛んで来たけどエンペラーが防いでくれる。

はい、これにて平和な時間は終了。短かったな……

「だ、大丈夫……？」

恐る恐るその人に声をかける。すると降ってきた人物がムクリと起き上がった。

それは、全身真っ黒の少年だった。目も、髪も、肌も。それにエルヴィス達よりもすごく幼く見える。多分十代前半くらいだろう。

「……」

黒の少年はじっとこっちを見てくる。そして、無言でこっちに近付いて来た。

「……」

「？」

少年は私の目の前まで来ると私の脇に手を差し込み、私のことを抱き上げた。危険な感じはしないから好きにさせる。スッポリと少年の腕の中に収まった私は仕方がないので少年の首に手を回し、体を安定させた。

なんかこの少年に抱っこされるの、初めてじゃない気がする……

少年の腕の中で落ち着いていると、不意に少年の鼻が私の髪の毛の中に差し込まれた。

「……スンスン」

「……そういう人ですか？」

「いいにおい……」

「アニー、ここに仲間がいるよー。迎えに来てあげてー」

アニのせいで、完全に落ち着いて対応できるようになってしまった。私が手を挙げてそう言うと少年がピクリと反応した。

完全な無表情が、今はほんのり嫌そうな顔になっている。

「……あいつと一緒にされたくない……」

「ごめんなさい。今のは私が悪かった。シロが悪かったよ」

そうだね、いくらなんでも初対面でアニと同類扱いは酷いね。そう言って頭を下げると、少年はことりと首を傾げた。

「しろ……？」

「シロは私の名前だよ。そう言えば、お兄ちゃんの名前は？」

「……おれは――」

「クロッ!!」

少年が口を開くと、エルヴィスが叫びながらこちらに走ってきた。隣にはパパもいる。

二人の視線の先にいるのは私ではなく、この少年だった。

「お兄ちゃんはクロって名前なの？」

私が問うとクロがコクリと頷いた。世の中にはパパと同じようなネーミングセンスの人が他にもいるのか。

「なんだかシロと似てる名前だね」

「……」

無言。

反応がないので私はクロの顔を覗き込んだ。お、表情は変わらないけどなんだか嬉しそうだ。何が嬉しかったのかは分かんないけど、クロは私の頭に頬を擦り付けてくる。その動きはどこかエンペラーみたいでかわいい。

「しろ、しろ、しろ」

「はいはい、シロだよー」

そうこうしているとエルヴィスとパパがすぐ側まで来ていた。エルヴィスが両手を広げてクロの前に立つ。

「クロ、シロを放しなさい」

「やだ」

クロが私を抱く手に力が入る。

「ぐえっ」

「シロ、パパのところにおいで」

「えー、なんだか似てるし、一緒にいたいんだけど」

そう言うと、クロが私を抱きしめる腕にさらに力を込めた。

「ぐ、ぐええ……くろ、私の中身がでちゃうよ。皮だけになっちゃう。どこにも行かないからもうちょっと力を緩めて？」

「……だいじょうぶ、皮だけでも愛せる……」

「シロは外側だけじゃなくて中身まで愛してくれる人がいいよ」

「む……」

そう言うとクロは渋々抱擁を解いてくれた。

「ふー……パパ、クロってどこの子なの？」

「ん？　ああ、クロは特殊部隊の隊員だ。つまりシロの先輩だな」

「そうなの⁉」

私が再びクロの方へ向き直ると、真っ黒い瞳が嬉しそうに輝く。確かによく見ると隊服を着ている。そして、やっぱり、その吸い込まれそうな漆黒はどこか私を懐かしい気持ちにさせた。

『——番！』

ふと、何かを思い出しそうな気配がした。ずき、と頭が痛む。そう、私は——

「——しろ……？」

「！」

クロの声で私はハッと我に返った。パパとクロが心配そうに私の顔を覗き込んでいる。

「どうした？」

「なんでもない。大丈夫だよパパ」

そう言ったのに二人は聞いてくれなかった。

パパは私のおでこに手を当て、熱を測ってくる。

「しろ、しんぱい。いっしょにねよ……」

「あっ、お前っ」

またきゅっとクロが私を抱っこする腕に力を入れた。パパが慌てたように手を伸ばしたが、クロはそっぽを向く。

「たいちょは仕事中……。おれはまだ任務から帰ってきたばっかだから休み……」

クロはそう言うと私を抱え込んで、エンペラーの隣に横になった。エンペラーは強くて賢い子だから私とクロがもたれ掛かっても大人しくしていてくれる。

クロが私を包むように丸まっているので大変ぬくい。ああ、なんだか容赦なく寝かしつけられそうだ。

頑張って目を開くと、パパがちょっと怒った顔をしてクロを睨んでいた。

「あ？　お前ウチの子と同衾《どうきん》する気か？　お前に娘はやらんぞ」

「同衾って……シロもクロもまだ子供ですよ」

エルヴィスの言う通りだ。クロはまだ十代前半だろうし、私に至ってはまだ五歳なんだから娘をやる云々は早い。クロはそんな会話が聞こえているのかいないのか私にスリッと頬擦りしてきた。

「おいクロ、表出ろや」

「ここが表ですよ隊長」

「……たいちょも、えるゔぃすもうるさい。しろがねむれない……」

クロが不機嫌そうに言った。クロは私を見ると寝かし付けるようにお腹をぽんぽんしてくる。

「すげぇ……。俺、誰かを守ろうとしてる狂犬初めて見たかも……」

なぜかエルヴィスが感嘆の声を上げている。……狂犬？　首を傾げるとクロの漆黒と目が合った。

「しろ、ねむくない？　それともおれと昼寝するのはいや……？」

「眠いよっ！　ちょー眠いっ！　もう昏睡寸前!!」

「ん、よかった……」

「いや昏睡寸前はよくないんじゃないか？」

クロがあまりにも悲し気な顔をするから眠いと言わずにはいられなかった。

「パパ、シロはクロと大人しくお昼寝してるからお仕事してきて？」

「パパだって仕事なんかしないでシロとお昼寝したいんだ。つまり今、俺はクロに本気で嫉妬している。俺もこの場を離れたくない」

「大人気《おとなげ》なっ！」

エルヴィスが突っ込む。私もエルヴィスと同じことを思った。でもなんか嬉しい。

「お部屋に帰ったら肩揉んであげるから」

「パパ、お仕事マッハで済ませてくるな。行くぞエルヴィス」

「グエッ！　たいちょうっ！　くび！　首絞まってます！」

「気にするな」

「気にしてください！」

エルヴィスはパパに襟首を掴まれ、引き摺られて行った。哀れエルヴィス。

そして残された私とクロ。

横になっているけど、先ほどの騒ぎのせいか一向に眠くならない。

「……しろ、ねむくない？」

「うん」

私はコクリと頷いた。

「……じゃあ、おれとはなし、する？」

「する！」

私は喜んで頷いた。そしてここからお話という名の質問コーナーが始まった。

「しろは何歳……？」

「五歳！」

「いまいちばんすきなひとは？」

「パパかな」

「すきな色は？」

「ん〜、白！」

「すきなたべもの」

「おにく！」

「趣味は？」

「お昼寝とお絵かき？　でもお外で遊ぶのも好き」

「いまいちばん欲しいもの」

「掛け布団」

そう答えたらクロが自分が着ていた隊服の上着を掛けてくれた。意外にも紳士だ。なんか寝る時ってつい掛布団がほしくなっちゃう。別になくても寝られるんだけどね。

とりあえずクロにお礼を言うと、微笑まれた。

「じゃあつぎは……」

「ストップ！　次は私が質問するの」

私はまだまだ質問攻めが続きそうなクロの言葉を遮《さえぎ》った。

私だけが答えるんじゃ不公平だ。私だってクロのことを知りたい。

「クロの年齢は？」

「……たぶん、じゅうだい……？」

「疑問形なんだ……」

よし、気を取り直して次の質問にいこう。

「じゃあ次！　今一番好きな人は？」

「しろ」

はやっ。

「……好きな色は？」

「しろ」

「好きな食べ物」

「しろ」

……シロは食べ物じゃないよ。

「趣味は？」

「しろ」

「今一番欲しい――」

「しろ」

「……」

軽く恐怖を感じる。エルヴィスがクロを狂犬って言ってた意味がちょっと分かった。

無言になった私の顔をクロが覗き込んできた。

「おしまい……？　じゃあおれが質問する番」

「……ばっちこいだよ！」

でもどうしてもクロがかわいらしく見えてしまって、私はその質問ラリーにまた参戦することになった。

夕方ごろにパパがやってきて、私とクロを引っぺがした。やっぱり大人げない。

あ、でもちゃんと肩揉みはしたからね。

シロとぶりっ子アイドル

日差しが心地いいある日、お散歩をしていると殿下に遭遇した。

「あ、殿下」

「シロ、今日もかわいいな。抱っこしてやろう」

両手を広げて走ってきた殿下に飛びつくと、ギュウウと抱きしめられた。相変わらずお高い石鹸のいい匂い。そして頬同士をスリスリと合わせていつもの挨拶は終了する。

「殿下今日も遊びにきたの？」

「いや、今日は珍しく仕事の話で来たんだ」

「そうなの」

殿下が仕事……確かに珍しい。

そのまま殿下に片手で抱っこされて、パパのもとへ向かうことになった。


「おう殿下、来てたのか」

「ああ、仕事の話だ」

「珍しいな」

「たまにはな」

「まあちょうどいいタイミングだぞ。今ならシリルがよく働く。この前仕事でやらかして今は仕事以外での爆破を禁止にしてるからな」

「そう言えばそうだった。そろそろ禁断症状が出そうだな……」

パパとも同じ会話をしながら、殿下がソファーに腰かける。いつもは私の部屋に勝手に入ってくるけど、今日は食堂だ。なぜ執務室じゃないのかというと、そもそも別に仕事の話でも本当は殿下が直接来る必要はないからだ。

だから、お茶をしに来たというのが本当の理由だろう。その証拠に、席につくや否や人にお茶とお菓子を頼んでいる。

珍しいことにこの場にはウイリアムやセバスもいるのが見えた。でもシリルはいない。パパにこっそりと聞くとどうやら任務の失敗があり、殿下に爆破を禁止された結果拗《す》ねたらしい。それでいいのか特殊部隊。

殿下は紅茶を一口飲むと話を切り出した。

「――ふう。時にお前達、アイドルというものを知っているか？」

「あいどる？」

「知らん」

パパも知らないらしい。周りにいるアニやシリル達も聞いたことがないようで、首を横に振っている。

「最近、他国で話題になっている職業だ。容姿の優れた者たちが歌や踊りで客を楽しませるのがアイドルの仕事らしい」

「「で？」」

うわあ、誰も興味なさそう。パパが首を傾げる。

「そのアイドルとやらがどうしたんだ」

「隣国でそのアイドルになった者がいてな、それがまあ大変な人気なんだが……それが我が国に来る」

「追い返せ」

「そうもいかん。今やその人気は凄まじく、彼女が来ることによる経済効果は計り知れないからな」

「そのアイドルの護衛を俺らにしろってか。その『アイドル』に何かがあったら、国際問題じゃねぇか」

「だからお前たちに頼んでいる」

殿下が真面目な顔で言った。これって特殊部隊を一番信頼してるってことだよね。

パパもそれを感じ取ったらしく、最終的には了承の返事をしていた。

「――てか、この国には世界一かわいいウチの子がいるのにアイドルなんて呼ぶ必要あるか？」

パパに背後から腕を掴まれ、招き猫のように動かされる。うーん、本当にかわいいって言いすぎだとも思う。

「確かに。シロちゃんと同じ国で過ごせてるってだけで五体投地で感謝すべき」

「おれも……そうおもう……」

「「「同意」」」

即座に手を挙げるいつもの三人に、落ち着いた声が混ざる。

「同意」

殿下もだった。

「同じ国にいても会えなきゃ意味ないだろ……」

エルヴィスがまともそうなこと言ってるけど微妙に親バカが隠せていない。止めたほうがいいかなーと思っていたら、何か外が騒がしい。

何があったんだろう、と周りを見回すけど、部屋の中でパパたちはすっかり白熱していて気付かない。

「シロ以上にかわいい人間なんて存在しない」

親バカ全開なパパが断言したその時だった。

バンッ！

「ここにいるわよ!!」

「――あ？」

扉を乱雑に開いて食堂に入ってきたのは、フリフリの服を着た女の子だった。

年は十代半ばぐらいだろうか。話の流れから言ってもしかして彼女が――

「「「……」」」

全員がバッと殿下に顔を向けるが、殿下は平然と紅茶を味わっている。

「言っただろ、もうすぐ来るって」

てっきり数日後とかだと思ったよ。澄ました顔の殿下から女の子に視線を戻すと――

「はじめまして☆　みんなのアイドル、メロリです☆」

なんか決めポーズをしていた。

この瞬間、特殊部隊のメンバーの心は一つになった。

「「「チェンジで」」」

「も～！　どうしてメロリに『チェンジ』なんて言うの!?」

アイドルが両頬を膨らませている。ぷんぷん！　という効果音が今にも聞こえてきそうだ。

それにしても、そう言えばほとんど初めて見た十代ぐらいの女の子だ。びっくりするぐらい長い睫毛《まつげ》に星の浮かんだ瞳は確かにとってもかわいい。でも勢いと得体の知れなさがなんか怖い。他の女の子ってみんなこんな感じなのかな……。なんとなく怖くてフードを出来るだけ下げる。

しかし、殿下はいたって冷静な声で彼女に告げた。

「メロリ殿」

「なんですか殿下？」

「ここには信頼できる者たちしかいない。素で話してくれても構わないぞ？」

一瞬の沈黙。それから、アイドルさんはきゅっとそのつぶらな瞳を細くした。

「え？　今もしかして私の話し方が素じゃないって勝手に断定した？」

「……ああっ！　いやっ、実は絶対性格悪いと思ってたわけじゃなくてだな……！」

完全に思っていた様子の殿下を、皆が生温い目で見つめる。

「こんなに配慮のない気遣い初めて見た」

「久々にポンコツやらかしたな殿下」

ひそひそと私とパパが呟く。思い切り失礼なことを言っていたアニたちもさすがに今のは……といった様子で殿下を見つめている。殿下はそんな私たちの視線を振り切るようにティーカップをことさら優雅な手つきで持ち上げた。

「――ゴホン。まぁ、本性出したとしても、この場に囃《はや》し立てるような者はいないという話だ」

「……んー」

アイドルさんは口元に指を当てて考える素振りを見せる。

「それもそうね。ずっと演技してたらメロリもつかれちゃうしぃ☆」

そう言ってシュルシュルとツインテールをほどき、瞬《まばた》き一つする間に彼女の服装が変わっていた。

「おお！　いりゅーじょん！」

思わず手を叩いてしまう。すると対抗するようにパパが私の髪をツインテールにしてくれた。そんなシロのツインテールをエンペラーが揺らして遊んでいる。

髪型が入れ替わったね！　なんて思っていたら……

「ん？」

アイドル特有の早着替えは確かにすごかった。だが、着替えたものが……

「やっぱりジャージ姿が一番楽だよねぇー」

『顔面命』と書かれた白いTシャツに、えんじ色のハーフパンツ。

アイドルはニッコリと笑顔を浮かべた。

「私、これからリラックスタイムに入るから。誰かグラビア雑誌買ってきてくれる？」

そして、食堂にいつの間にか敷いてあった小さめのカーペットとクッション。その上に胡坐《あぐら》をかいて、特殊部隊に突然現れたアイドルはそうにっこりと微笑んだ。

「……すくーぷ！　アイドルの本性！　この写真を売れば大儲けできるんじゃない？」

「さすがシロちゃん！　あったまいいね!!」

レンズの向こうでアイドルは無言で殿下を見つめていた。

「思いっきり囃《はや》し立てたな。だが本気ではないだろうから……」

「パパ、どの雑誌が一番お金もらえるかな」

「ん～？　そうだな～」

「……シ～ロ～、ちょっとこっちおいで～」

「なーにー？」

殿下はちょこちょこと歩いてきた私を持ち上げて目を合わせた。

「シロ、そんなことしたらメッ、だろ？　お金がほしいならボクがいくらでも貢いでやる」

「え～」

「殿下ってばメロリのガチオタ勢と同じこと言ってるんだけど」

「違いない、この特殊部隊におけるアイドル——それはお前ではなくてシロだからな」

殿下がキリッとした顔でメロリさんに向かってそんなことを言う。またメロリさんが半目になった。さっきからずっと国際問題っぽい発言をしてるのは殿下なんじゃないだろうか。

室内に沈黙が満ちる中、ドアが空気を読まずに開いた。見知った人が大量の雑誌を抱えて走ってくる。

「グラビア雑誌買ってきました！」

「なんで正直に買ってきたんだ、セバス」

エルヴィスが遠い目をして突っ込む。セバスはよく見るとチャラ男モードだ。髪を下ろしていて、汗が額に輝いている。

「ついでに自分の分も買ってきたんだけど、経費で落ちっかな～」

「なんで経費で落とせると思っちゃったんだよ」

「え～。みんなで見ればいいじゃんんか」

そう言って、一冊を手に取り、セバスがみんなに見えるように表に返す。するとパパが光の速さで私の目を覆った。

「テメェうちの子になんてもん見せようとしてんだ？　あ？」

「目が怖いっす、まじごめんなさい」

セバスが即座に頭を下げる声が聞こえた。その拍子にグラビア雑誌がバサバサと地面に落ち――、大きな声が空気を揺らした。

「おいなにしてくれてんだテメェ！　ああん!?」

「え……」

荒々しい声を上げたのはパパでもエルヴィスでもない。というか男の声ではない。ドスはきいているけど確かにそれは女の子の声だった。

「美女達のたわわな写真を地面に投げ出すなんて……っ!!　冒涜にも程がある！　本当に人間なの!?」

アイドルが迫力満点でセバスを睨みつけている。

「お前は本当にアイドルかよ」

エルヴィスが極めて冷静な突っ込みを入れると、アイドルは床に散らばったグラビア雑誌たちをかき抱いた。

「……美しいもの、それは正義……」

「おいどうした?」

「そんな美しいものたちを守っていくのは私たちの権利であり義務なのよ!! 私は、鏡の前でも美しいものを見ていたい! そう思って努力してきたからこんなにかわいくなったの!」

「いやお前がアイドルになった理由は聞いてないし。それなら今のその格好はどう説明すんだよ」

「フッ、持って生まれた怠《なま》け癖に逆らうことはできないのよ……」

「絶妙にイラッとする」

エルヴィスの言葉を無視してアイドルはグラビア雑誌をTシャツにしまう。だがあまりにも量が多いためか服の上から雑誌の形がはっきりと見え、今にもはち切れそうだ。

そのなんともいえない様子に周囲が静まり返った時、再びドアがノックされた。

「やっほーシロ。ん? 何この静まり返った部屋」

「あ! シリル!」

ぴょんっぴょんっと大喜びで私はシリルに抱き付きにいった。そのままシリルに抱き上げられ、猫のようにゴロンゴロンとその首筋に頭を擦りつける。シリルは微笑んでそれを受け入れてくれた。

「プライベートの爆破が禁止されたって聞いてたけど、もう立ち直れたの?」

「うん、近頃は焚き火をして心を落ち着ける毎日だよ」

「……プライベートの爆破……？」

聞き慣れない言葉だったようでアイドルが首を傾げる。

「グゥ！」

「うひゃぁ⁉　どうしたのエルヴィス」

アイドルの言葉を聞いたエルヴィスが急に崩れ落ちた。

「そうか、プライベートで爆破するのはおかしんことだったのか……‼」

「なんでエルヴィスはショック受けてんの？」

「俺が常識力で小娘に負けるなんて……っ！」

「おい誰が小娘だ」

床に拳を打ちつけるエルヴィス。アイドルの文句は華麗にスルーされた。

「え、でも実際セバスとかウイリアムの方が常識あったりするじゃん。それはいいの？」

「それは全然問題ないよシロ。俺はこんな小娘に負けたことがショックなんだ」

「いやむしろ私がショックなんだけど」

たしかに。普通に考えたらわざわざこの国まで呼ばれたアイドルなのに、小娘呼ばわりされる方がショックかもしれない。

その時、今までグラビア雑誌を彼女に渡した以外微動だにしなかったセバスが急に彼女の手を掴んだ。アイドルさんがちらりとセバスの方を見る。

「何？　あんたもなんか文句あるわけ？」

「同志……っ！」

「え」

予想外の言葉にアイドルは面食らった様子だ。

「分かるっ！　どんな年代でも女の子は最高だよね〜！　俺の周りにはちゃんシロちゃんを拝んでるような奴しかいないから同志がいて嬉しいよ〜！」

「「おいテメェ」」

「みんな自覚があって何よりっす」

ベシッと、セバスの手が払われた。

「ちょっと、本来なら三時間は待たないと握手できない超人気アイドルの手を軽々しく触らないでくれる？」

「え、辛辣っ！」

せっかく見つけた仲間に拒絶されたセバスがうっすらと涙目になる。

「うぅっ」

流石《さすが》に可哀想になって、振り払われてセバスの手を包む。

「ちゃんシロ……」

「かわいそうだからシロが代わりに握ってあげる」

「ちゃんシロ!!」

にぱっと笑うと、セバスはギュウギュウと私を抱き締めてきた。

「やっぱり俺もこっち側がいいっす!!」

セバスの叫びを聞いて周りの大人達はウンウン、と大きく頷いている。

結果的にみんなを肯定してしまった……

＊＊＊ブレイク視点＊＊＊

騒ぎ疲れたのかそれからシロはセバスやアニたちと眠ってしまった。部屋が一瞬で静かになる。

最近、シロはたまに魘《うな》されて夜中に起きることがある。だから眠れる時に寝かせておきたい。

そっと食堂の椅子を繋げてシロを横たえると、アニがシロの寝顔を覗き込んだ。

「うわぁ、かわいい寝顔。シロちゃんもやっぱりまだまだ子供だねぇ」

「初対面の人間がいたから気を張っていたんだろう」

「ていうか、なんでそんなにその子にメロメロなのよあんた達……」

シロの寝顔の前にメロリのその言葉はスルーされた。心得ている隊員達はシロを起こさないよう、皆声を潜めて話している。

すやすやと寝息を立てるシロを見るアニの表情筋は仕事を忘れたようだ。

「えへへうふふ、プニプニほっぺ～」

「起こすなよ」

「分かってますよう」

アニはシロのフードを外すと、そっとシロの頬をつついた。それに応じてふにゃりとシロの表情が緩むのが大変かわいらしい。

「フフッ、うへっ、うへへへへ」

しかし同時に何か奇妙な笑い声が聞こえる。

「おいアニ、気持ち悪いぞ」

「え？　俺じゃないですよ」

「あ？」

この気持ちの悪い笑い声がアニではないとしたら一体誰のものなのか。俺はシロから視線を外して確認した。同時に驚く。

「うふふふふ」

いつの間にかメロリがすぐアニの側にいてシロの寝顔を覗き込んでいたのだ。

頬に片手を当てているメロリの表情はどこか恍惚《こうこつ》としている。

「なるほど、かわいらしいわ……いいえ、これぞ美……！」

「おいっ！　シロちゃんを邪《よこしま》な目で見るんじゃねぇ！」

「お前がそれを言うのか」

自分を棚上げしたアニに冷ややかな視線を向ける。

「私、自分よりもかわいい子なんて初めて見た……！　もっとよくシロちゃんの顔を見せて！」

「本性を現したな！　シロちゃんが寝静まってからシロへの崇拝を発症するなんて卑怯だぞ！」

「別にあんたと同じじゃないし！　だってこんなかわいいの化身に嫌われたら生きていけない！　フードをかぶってた時からかわいい気配はしていたけど、本当にかわいいんだもの！」

「あくまで小声なの偉いなお前ら」

シロを起こさないようにと、アニとメロリの口論はすべて極々小声で行われていた。娘が愛されていることを喜べばいいのか呆れればいいのかよく分からず、微妙なツッコミを入れてしまう。

「まったく、シロはモテモテだな」

愛娘《まなむすめ》の鼻の頭を人差し指で撫でる。このままずっと楽しんでいられるならそれでもいいが、そんな訳にもいかない。

「アニ、そろそろおふざけはやめろ」

「……は～あい」

俺の問い掛けにアニが答える。その瞬間アニのまとう雰囲気がガラッと変わり、周りの空気もキリッと引き締まった。こいつはシロが絡まなければ普通のやつなんだけどどな。

「さて、それじゃあそろそろ仕事の話を始めようか」

俺は軽く微笑むと、寝ているシロを起こさないように小声で話す。

「今回はこのアイドル、メロリの護衛が俺達の仕事だ。こんなのを狙ってくるやつらが本当にいるとは思えないけど、体裁を整えることは大事だからな」

「よく本人を前にしてそんなことを言えるわね……」

メロリは呟くが、その顔にあまり怒りの色はない。そして今もチラチラとシロに視線を送り続けている。よっぽどシロを気に入ったようだ。

「じゃあ今から具体的な配置を決めていくぞ……」

俺がそう切り出したのと同時にシリルが勢いよく手をあげた。

「はい！　僕を一番危険な配置に！」

「珍しくシリルがやる気だな」

「ほら、あいつ今仕事じゃないと爆破できないから」

「ああ……」

「僕も働きます！　一番危険でつらい場所に配置してください！」

シリルに続いて、エスがピンッと真上に手をあげる。

「エスはいつも通りだな」

「あいつほんとブレねぇな」

はいはいはいっ！　とアニが発言権を求める。

「シロちゃんの見える場所がいいです!!」

「「知ってる」」

特殊部隊の話し合いは毎回このように進んでいく。これが通常営業だ。

メロリのライブまでの護衛や、当日の配置について大まかに話し合いを終えた頃、椅子に寝かされていたシロが身じろぎした。

「んむ……」

「お、起きたか」

「うん」

その瞬間、パッと明かりがついたように、また全員が騒ぎ始める。一連の光景を見ていたメロリが食堂の片隅でボソリと呟いた。

「ここには変人しかいないのか……」

＊＊＊

「シ～ロ～ちゃんっ！」

「……」

ごはんを食べてたらアイドルが近寄ってきた。目力がすごい。名前を呼ばれただけなのに、もう押しが強い。若い女の子の有無を言わせない圧こわい。

アイドルはパチパチと二回瞬《まばた》きをして言った。

「私も一緒にごはん食べていい？」

「おいアイドル、うちの子が怯えて食事を摂れないから少し離れてくれ。具体的に言うと百メートル程」

「遠っ⁉」

突っ込むアイドルには目もくれずパパは私の口回りを拭った。そしてすかさずアニが応戦する。

「そうだそうだ～！　未確認ぶりっ子は純粋無垢なシロちゃんには刺激が強すぎんだよ！　てかなんでウチの食堂にいんだよ」

「未確認生物みたいに言わないでくれる？　シロちゃんと親睦を深めたくて来ちゃったの☆」

アイドルはそう言ってたけど、その後パパやアニによって強制的に離れた席に追いやられていた。

せっかく来てくれたのにちょっと可哀想かなと思ったけど、アイドルは食事中瞬《まばた》きもせず、ずっとこっちをガン見してきたのでそんな同情心は消え去った。

視線が強すぎていつもの一・三倍しかお肉を食べられなかった。

ちょっと可哀想に思ったのか、エルヴィスがアドバイスしていたっぽいけどギリギリ聞こえなかった。


そして次の日、アイドルは早速エルヴィスのアドバイスを行動に移してきた。

「シ～ロ～ちゃ～ん。これ、よかったらもらってくれる？」

「？」

アイドルが差し出したのはひと抱え程の包みだった。なんだろうこれ。もらえるものはもらっておく主義なのでとりあえず受け取る。

「開けてもいい？」

「ええ！　もちろんよ！」

包みを開くと、そこから出てきたのはツヤツヤと光り輝くお肉——

サシが細かく入っていて、常温なのに表面が少し溶けている。もう見ただけで分かる高いお肉だ。じゅるり。ぎゅっと包みを持ってアイドルを見上げる。

「これ、くれるの？」

「もっちろんよ！　シロちゃんにあげるためにセインバルト王国で一番いいお肉を取り寄せたんだから！」

事もなげにそう言い放つアイドルは結構お金持ちなのかもしれない。うん、お肉をくれる人に悪い人はいない。私は今自分ができる最高の笑顔をアイドルに向けた。

「アイドル、すき！」

「きゃあああああ！　シロちゃんから好きいただきました～!!」

狂喜乱舞するアイドルにお礼を言って私はいそいそとお肉を料理人のおじさんに渡しに行った。

そんな私の後ろ姿をパパやエルヴィスが傍から見送る。

「……我が娘ながらちょろいな。あ、そう言えばお前なんてアドバイスしたんだ？」

「シロには餌付《えづ》けが有効、と」

「なるほど、的確なアドバイスだな」

数日が経ち、アイドルの存在が特殊部隊に馴染《なじ》みはじめた。今日はそんな彼女のダンスレッスンの護衛に来ている。

「ちょんちゅん」

「シロちゃんかわいいねぇ」

「アニ、話しかけないで。私は今スズメとして行動しているの。スズメに話しかけるアニは不審者だよ」

「こんなにかわいいスズメさんがいるんだねぇ。本物のスズメの五百倍はかわいいよ、もちろん本物のスズメもかわいいんだけど」

着ぐるみ――といってもいつも着ている柔らかい素材のものではなく、遊園地にいるような固いやつ――の上からアニに頭を撫でられる。

「なんで室内にスズメがいるのよ。しかも顔は出てるからクチバシはないし、サイズはしっかり五歳児サイズなんだから」

ダンスの練習中のアイドルが呆れた目を向けてくる。場所は特殊部隊の室内訓練場だ。

あの後、私が寝ている間にアイドルの護衛の配置が決められたことに気が付いて、私は自分からアイドルの護衛に志願したのだ。

特殊部隊隊員になって初めての任務だから張り切っていたら、いろんな人がいろんなものをくれた。この着ぐるみも殿下からのプレゼントだ。

「アイドルを自然に護衛するためにやってるの」

「ふふ、斜め上の努力もかわいいなぁ」

「もうなんでもいいんでしょ」

「そんなことないよ」

そんなことありそうな微笑みだ。

「あ、ほらこっち見て」

誤魔化すような言葉だったけど、素直にアニの方を向くと、パシャッという音と共にまぶしくなった。写真だ。アニがにこにこしながら写真を確認している。

「シロちゃんはいつでもかわいいなあ」

するとこちらをじっと見ていたアイドルが何かを呟いた。

「後で写真買い取らなきゃ……」

「ん？　今なんか言った？」

「ううん。何も言ってない」

完璧な笑顔。うーん、付け入る隙がどこにもなさそうとはこのことを言うんだろう。この笑顔が苦手なのかもしれない。そっかあ、と言うとアイドルは私から視線をアニに動かした。

「というかシロちゃんに私の護衛なんてさせないでよ。何かあったら危ないじゃない」

そこで自分の身の安全じゃなくて私の安全を考えてくれるあたり、根は優しいのかもしれないけど……。とりあえず胸を張ってみる。

「大丈夫。その気になればアイドルの百人くらい軽く病院送りにしてみせるよ」

「へ……？」

渾身のドヤ顔を披露するとアイドルの笑顔が硬直した。それからは特にやることもないのでボーっとアイドルが踊っているのをひたすら眺める。

「暇だねぇ」

「暇なのにお金がもらえるんだから、護衛っていい仕事だね」

「発想が五歳児じゃないよシロちゃん」

訓練場の片隅にアニと並んで座ること、かれこれ一時間。

でも確かに暇だ。誰一人襲撃を仕掛けてくる気配はないし、スズメのフリにも飽きちゃった。

あ、アイドルがターンした……

すう、と息を吸い込み大きく叫ぶ。

「メロリ選手！　一回転して指をさした～！　そしてあざといポーズ!!　アニさんどう思いますか？」

「あれは完全に自分のことをかわいいと自覚した犯行ですね。ウインクの一つでもしてやればファンは歓喜するとでも思ってるんでしょう」

「なるほど。すべて計算されつくした行動ということですね」

即興の実況にアニがすぐ乗ってくれた。ふむふむと二回頷く。

「ねえ！　すっごいやりづらいんだけど！！！」

暇つぶしにアニと実況ごっこしてたらアイドルから苦情が飛んできた。そして実況ごっこは禁止になった。解せぬ。

しょうがないから邪魔しないように暇つぶしすることにしよう。

それから数時間が経ち、特に何事もなく練習は終わった。まあ、特殊部隊の隊舎の中なのだから何かあったら困るのだけど。汗を拭くアイドルの横で、アニが私を抱き上げる。

「おお、ジャストフィット」

このスズメのきぐるみは抱っこするのにちょうどいい大きさだったらしい。アニが私を抱っこして感動している。

「この羽の手触りも最高……」

そういえば朝、パパにも抱っこされた時にみっちり撫でまわされたっけ。さすが高級品だ。

「パパまだかな～」

「そろそろ帰ってくると思うよ」

アニが言った通り、それから数分するとパパがやってきた。

「シロ」

「パパ！」

アニからパパの腕に移動させられる。

「うん、やっぱりいいなこれ」

スズメ大人気。パパに抱きかかえられて、アイドルを泊っている部屋まで送り届けるために廊下を歩く。

「シロ、今日はどうだった？」

「とっても暇だった」

シロのこの言葉にアイドルが反応する。

「暇って……メロリの練習風景が見られるなんてファンなら泣いて喜ぶのに……」

「シロ、アイドルのファンじゃないもん」

「そういわれると何も言い返せないけど……。でもそのうちファンにさせるからね。シロもアイドルのダンスした～いって言うようになるかもよ？」

「え？　今日一日見てたからシロもう踊れるよ？」

「天才かよ」

アイドルが決めていたターンを決めてみせると、アイドルがぎゅっと私の手を握った。


「シロ～、じゃあ次のお仕事だぞ～。こっちおいで」

「あいあい」

次の日は、レッスンについていくのではなかった。パパに呼ばれたのでそちらにてちてちと向かう。普段は入らせてもらえない執務室の中だ。

「なあに？　この山」

そこにあったのは箱や手紙の山だった。床に敷いたシートの上に積まれているのに優に私の身長を越している。振り向くと、ふっと視線を遠くしてパパが言った。

「全部アイドルへの贈り物だそうだ」

「ひぃぇぇぇぇ！　本当に人気あったんだ……」

レッスンを見ていたときの鋭いツッコミや特殊部隊でのからかわれ方を見ていて、大人気の歌って踊れる女の人、という初めのイメージから随分遠くなっていたから、つい勢い余って失礼なことを言ってしまった。まあ本人はいないからセーフとしておこう。

「それでだな、贈り物に危険物が混ざっていないかのチェックをクロとエンペラーに任せてたんだが……」

「？」

そこでパパがセリフを途中で切り、視線を部屋の端っこへやった。私もパパの視線を追う。

そこには、ドヨ〜ンとした空気をまとってやる気なさげに横たわっているクロとエンペラーがいた。

「あれなんの屍？」

「まだ殺してやるな。シロと全然触れ合えなくて意気消沈しているワンコたちだ」

――確かに最近あんまり遊べてなかったなぁ。

「……あの、あいどるがきたせいで…………けす……？」

なんか不穏な呟きが聞こえてきたな。

「とまぁ、あんな感じでアイドルの護衛どころかあいつらが襲い掛かりそうな勢いだから、今日はあいつらの荷物の検査を手伝ってやってくれ」

「らじゃ！」

パパに向かって敬礼する。

「ああ〜、シロはかわいいなぁ」

ゆるりと表情筋を崩したパパに抱き上げられてちゅっちゅされる。親バカさんの別行動する前の挨拶だ。

「おら、クロ、エンペラー」

「……？」

「今日はかわいい愛娘《まなむすめ》を貸してやるから、キビキビ働けよ」

「――！」

「ほら」

一気に機嫌が上昇したらしいクロに、そっとパパが私を渡す。ぎゅうっと抱きしめられる久しぶりの感触に私も抱きしめ返した。

「よし、はじめる……」

「やっとだね……」

最近あんまり一緒にいなかった反動なのかしばらく構い倒された。

私はプレゼントたちの前に胡坐《あぐら》をかいたクロの膝の上に、ちょこんと座る。

「シロはなにすればいいの？」

「しろは、ここにすわってるだけでいい……それだけでおれたち、やる気でる……」

「りょーかい！」

楽ちんだね。

「えんぺらー、しろにいいところ見せるちゃんす……」

「ガウウ！」

それ本人の前で言っちゃったら意味ないんじゃないの？

何はともあれやる気は出たらしく、二人は仕事を始めた。

「フンフン……ガウッ！」

「これはきけん……これはおっけー」

クロはエンペラーに匂いを嗅《か》がせて危険物が入ってるかどうかを判断してるみたいだ。ウチの狼さんはなんて優秀なんだろう！　飼い主として鼻高々だ。

「……ねぇ、このはじかれたやつって中に何が入ってるの？」

「……しりるがよろこぶやつとか」

「爆弾か」

「あとは……」

そこでクロが言葉を切った。

「え？　なに？　そんなに危険なものが入ってるの？」

「しろは知らないほうがいい……トラウマもの……」

「こわわ」

「しろは、てんしだから……けがれたものは見せられない……」

「ガウ」

「ほんとに何が入ってるの……？」

何かを思い出したのかクロの目が光を失ってブルブル震えているし、心なしかエンペラーも顔をしかめているように見える。アイドル、結構危険な仕事なのかもしれない。

＊＊＊

それからまた数日が経ち、特に何事もなくアイドルのライブ前日を迎えた。

「……なんで？」

「どうしたシロ」

「なんで何も起こらないの？」

「と言うと？」

「このあたりでアイドルが誘拐されたりするのがセオリーじゃないの？」

「また何の本を読んだんだ？」

今日も今日とて平和に昼食を食べ終わり、一時間ほどのんびりしてからアイドルのもとに向かう。平和すぎて護衛とはなんだったか全然分からない。暇すぎて今日の午前中はあるものを作成していた。

すると、パパがこの子はアホの子だなぁって目で見てきた。任務を遂行するために、私は私なりにセバスからアイドル雑誌を借りてみたり、殿下にアイドルの話をしてもらったりしていたのだ。そこでは大体アイドルが危機に遭っていた。

パパに抱き付いて頭をグリグリする。

「激動の展開を予想してたのに。ピンチのアイドルを、セバスが助けてドキッな展開にもなるかなって思ってたのに」

「誰だウチの子に恋愛ものを読ませたのは」

「よく分かんなかったけどそういうことでしょ？」

「それでいい。シロがもう恋愛をし始めたらパパは人目を憚《はばか》らずに泣きます」

まさか〜、と思ったけどパパの目はガチだった。

「……パパ達が有能過ぎてセバスの恋愛はおじゃんだね」

「パパ褒められて嬉しい」

そう言うとパパに頭を撫でられた。基本的にパパは聞きたいことしか聞かないから多分セバスの恋愛うんぬんは聞こえてないいんだろうな。

「あ」

「あらシロちゃん」

廊下を歩いているとちょうどアイドルと行きあった。ふわっと微笑んでいる。だんだん張り付いた笑顔じゃなくて、普通に笑ってくれるようになった気がする。

ここ数日でアイドルとは随分仲良くなった。何気に初めての友達かもしれない。特殊部隊のみんなは家族みたいなもんだし、殿下も友達って感じではないし。

かわいいかわいいって言ってくる訳ではなくて、対等にお話しできる感じ。

「シロちゃん、今日偶然マカロンを街でゲットしたんだけど食べる？」

「食べる！」

おしゃれなお菓子をくれて、思わず歓声を上げる。アイドルはパパたちでは教えきれないようなおしゃれだったり、綺麗なお菓子について教えてくれる。一番多いのは、かわいいお菓子をくれることだけど。

私はその細い手からマカロンを受け取る前に、背中に隠していたあるものを取り出した。

「あのね、いつもお菓子もらってるから私からもお返しがあるの」

「え？」

さっと前に花束を取り出す。ガーベラと白い小さなお花を束ねたもの。エンペラーたちと選《よ》り分けたプレゼントほど立派じゃないけど喜んでくれるだろうか。

「殿下がなんかきれいなお庭に連れてってくれたから、そこで花束を作ってきたの。あげる」

「エンジェエエエエエル！！！」

花束を差し出すと、アイドルが地に伏して叫んだ。そこは先に受け取ってよ。

「うらやましいうらやましいうらやましいうらやましいうらやましいでも俺はシロちゃんの友達なんかじゃなくてお兄ちゃんだから――」

「アニ、ホラーだよ」

物陰でひたすらブツブツ言ってるアニが怖い……

その後アイドルはまるで絵本の中の騎士が剣を受け取る時のように、跪いて花束を受け取ってくれた。さすがアイドル。劇的な演出ってやつだね。

ちょっと目が潤《うる》んでたように見えたけどさすがに気のせいだろう。

それから私はそろそろ血の涙を流しそうなアニに近付く。

「アニにも今度なんかあげるからね」

「しっ……！　シロちゃん!!」

「ぐえっ」

感極まったアニにギュウギュウと抱きしめられた。アニもいつも私を見守ってくれるお兄ちゃんだ。いつでも会えるからこそ、最近プレゼントとかを渡していなかったかもしれない。

「でもアイドルはもうすぐバイバイなんだよね……」

ちょっと寂しいような……。なんだかもやっとして、胸を押さえるとアイドルがギュッと私の手を握った。

「シロちゃんっ！　手紙送るからね！　離れても縁は切れないよ！」

「お前が一方的に切らせないんだろ」

「あんたはうるさい」

アニとアイドルはあんまり相性が良くないみたい。同族嫌悪ってやつかな。

そういえばエスとシリルはどこにいるんだろう。最近あんまり見ていないけど。

＊＊＊

「ん、なんかシロが呼んだような気がする」

「シリルまでアニのような能力を手に入れたんですか」

爆弾によって破壊された瓦礫《がれき》の上、軽く咳をこぼしながらエスがこっちを見る。いやいやそんなまさか。首を振ると、ぼふっと僕の体から砂煙が上がった。

「シリル、火薬と焦げ臭いです」

「しょうがないでしょ。僕じゃなくてこいつらが悪いよ」

久々に爆破ができたので気分はすがすがしいが、まさか、あのアイドル――メロリを狙う人間がこんなにいるとは思わなかった。シロが護衛に立候補したから、絶対にこの国に刺客を立ち入らせない覚悟で仕事を行うことになったのだ。

周りに倒れ伏した十数人の男達を眺めて軽く笑う。倒れた男は全員、衣服のどこかしらが焦げていた。

「あのアイドル、予想外に色んな意味で人気だったんだねぇ」

「襲撃者が来るのはむしろ不人気なのでは？」

エスの言葉に僕は肩を竦めて答えた。

＊＊＊エルヴィス視点＊＊＊

そしてついにメロリのライブ当日がやってきた。エスとシリルの報告によると、かなりの人数の刺客を仕留めたらしい。もちろん、その報告は依頼主である殿下とメロリにも報告済だ。メロリは報告を聞いた時は怖がっていたが――

「みんなー!! 今日はメロリのために来てくれてありがとー☆」

「「「うおおおおおおおおおおおお!! メロリーン!!」」」

メロリが登場すると会場が大歓声で包まれた。

ピンクでフリフリの衣装は、裏にある血なまぐささを一切感じさせずに風をはらんで揺れている。

「アイドル、本当にアイドルだったんだな」

隊長も俺の隣で呟いた。俺たちはステージ裏で待機しながら、有事の際には飛び出す予定だ。

「じゃあさっそく最初の曲いっくよー☆ 『あなたも私もメロメロリン☆』」

「「「ワアアアアアアアアアアア!!」」」

曲が始まり、メロリが歌いながら踊りだした。

万が一、エスとシリルの攻撃をすり抜けていた奴がいたとしたら、攻撃を仕掛けてくるのはライブ中だろう。わずかに緊張して視線を舞台に送る。

その時、観客たちから、ざわめきが上がった。

「……？　なんだあれ」

ステージの端から小さな子供くらいの大きさの白鳥が現れたのだ。しかもメロリと同じダンスを、同じスピードで繰り広げている。

「おおおおおお！　流石《さすが》我らがメロリたん！　鳥すらメロリたんのダンスを覚えてしまうとは!!」

「すげえええええええ！」

「うおおおおおおおお!!」

ざわめきは一気に歓声に変わる。それを見て俺は頭を抱え、地面を拳で殴った。

「いやなんで誰も突っ込まないんだよ！　鳥が踊るなんて明らかにおかしいだろ!!」

「野外ステージだから鳥が乱入することもあるだろ」

隊長はさも当然だと言わんばかりにステージを見ている。

数日前の話し合いが俺の脳裏に蘇った。


「ふむ、やはりステージ上の警備に不安が残るな。かといって堂々と護衛を配置したらライブが台無しだし……」

シロが護衛ということもあり、この頃の話し合いはシロの部屋で行われている。

話している内容の割にのんびりとベッドに腰かけている隊長の言葉に、シロが反応した。しゅばっと手が上がる。

「パパ、私がステージ上の護衛やる！」

「シロが？」

隊長が聞き返すと、シロがごそごそと部屋の奥から何かを取り出してきた。

「殿下特注の白鳥着ぐるみ！　今回は中身が見えない仕様で、軽いけど防刃加工されたすぐれものらしいよ！」

「殿下はどこに向かってんだろうなぁ」

「ステージ上で攻撃されたらこの着ぐるみでシロが盾になって防ぐの。あと、不審者を見つけた場合はこのシリル特製麻酔薬入りバズーカを打ち込む」

その言葉と一緒に、バズーカもずるずると部屋の奥から取り出される。ふむ、と隊長が顎をなぞった。

「シロが盾になるのはいただけないがそのバズーカはいいな」

「いやよくないでしょ！」

感心した様子の隊長に俺はツッコミを入れざるを得なかった。

「ステージからバズーカ撃つ鳥ってなんですか!!　明らかに不自然ですよ！　不審鳥ですよ！」

「大丈夫だろ、野外ステージだし。なあ？」

隊長が後ろにいる特殊部隊の面々に問いかける。

「そうですね」

「鳥がキレッキレに踊っても」

「バズーカ撃っても」

「不審者撃退しても」

「「野外ステージだし」」

「野外ステージを過信しすぎだろう！」

大声を出した俺はハー、ハー、と肩で息をする。

「でもシロは心配だな。着ぐるみの中に鉄板仕込んどこう」

「パパそれだと動けないよ」

娘が心配で着ぐるみに極厚の鉄板を仕込もうとする隊長に、のんきに体の重さだけを心配するシロ。そして結局シロの案が採用され当日を迎えたわけだが……


「あの鳥すげぇ……」

「振付完璧じゃねぇか……」

「白鳥すらもファンにするメロリたん……尊い」

予想に反して、白鳥のダンスに客は大盛り上がりだ。

「おおっ！　白鳥がバズーカ撃ったぞ！」

「あれはどういう演出なんだ……？」

「おい！　あいつめちゃめちゃ写真撮ってるぞ！　このライブ撮影禁止じゃなかったのか!!」

「違う！　あいつ鼻血出してるけど関係者だ！」

舞台の最前列から、なんとか関係者のネームタグをもぎとったアニが鼻血を出しながら白鳥……もとい、中身のシロの写真を撮っている。見た目は完全に不審者だ。しかしそんなざわめきを除いては、ライブは平和に進んでいく。

「この世の誰よりも〜♪　一番かわいい女の子♪」

「「「メロリン!!」」」

「他の女は〜♪」

「「「有象無象《うぞうむぞう》!!」」」

「この世はいつでも〜♪」

「「「諸行無常!!」」」

「相変わらずひっどい歌詞と合いの手ですね……」

なぜあのアイドルが人気なのか未だに理解できないが。

「そうだな、俺の娘、激かわいい」

「……」

隊長は自分の愛娘《まなむすめ》の姿しか見ていないようだ。おそらくメロリの歌も碌《ろく》に聞いていない。

隊長の視線の先のシロは完璧に踊りつつもたまにバズーカを撃っている。隊長は万が一のことがあってはいけないからと、少しでも不審な動きをした者がいたら迷わずに撃てとシロに伝えていた。

そうして眠らされた人物は目立たぬようシリルやエス、セバスが回収している。不審者の数などそう多くはないので楽な仕事だろう。

その時、最後の曲の手前で「あ」というシロの声が耳に飛び込んできだ。それは、明らかに何かをやらかしてしまった時の声音だった。

よく見ると、倒れていたのはアニだ。不審者よりも不審者していたアニをシロが誤射してしまったらしい。

「一定時間動けなくなるだけでよかったな……」

隊長がつぶやいたのが聞こえた。まあ、見る限りアニは笑顔で倒れていたので問題はないだろう。

その後、ライブは無事に終了した。

シロと初めてのお別れ

ライブから数日が経ち、メロリが旅立つ日になった。また、別の国々を回るのだという。豪華な馬車に乗ったメロリが窓越しに、涙を流しながら手を振っている。

「シロちゃあああああああああああん‼」

「うん、ばいばい」

「軽っ！」

パパに抱っこされながら、メロリに手を振った。お別れ、ということがまだよく分かっていない。

いつも通り、パパ達が任務に出かける時と同じように手を振ったのだけど違ったのだろうか。メロリはショックを受けたようで、しょんぼりと崩れ落ちている。

「せっかくお友達になったのに～!!」

「離れたらお友達じゃなくなっちゃうの？」

こてんと首を傾げる。そうか、そういうことなの？　もう話せないのか、と思うと胸がざわつく。

でもそう言うとメロリは全力で首を振ってくれた。

「ううん、一生お友達よ!!　毎日手紙送るからねっ……」

「毎日はちょっとあれだけど……」

メロリは祈るように手を胸の辺りで組み、潤《うる》んだ目で話し掛けてきた。

「シロちゃんと文通!?　ずるい！」

「あんたは毎日シロちゃんに会えるんだからいいじゃない！」

「黙れ、謎アイドル」

「シロちゃんに雑に扱われてしょげなさい」

最近恒例となりつつあったアニとメロリの言い合いが始まる。そっかこれももう聞けなくなっちゃうんだよね……

不意にポスッと、頭に手が乗る感触。見上げると優しい顔のパパが私の頭を撫でていた。

「大丈夫か、シロ？」

「うん……」

大丈夫、と答えると同時に馬車の外からもメロリに声がかかった。

「メロリさん、そろそろ……」

馬車の御者がメロリに耳打ちする。もう出発する時間みたいだ。見送るためにパパが一歩後ずさろうとする。

「シロちゃんっ!!」

「うお」

するとメロリが馬車からいきなり降りて、私をパパの腕から奪った。そしてギュウウウウと抱きしめる。

「シロちゃんグレないでね、そのプルンプルンの肌を大事にしてね、あと髪はちゃんと毎日乾かすんだよ私のことも忘れないでほしいな、変態とかアニには気を付けるのよシロちゃんは世界一かわいいんだからたまに写真も送ってくれると嬉しいな――」

「おいうちの子返せ」

パパが私をメロリから取り返そうとする。

だけどメロリは私を放さない。それどころか今のうちにシロちゃんの成分を補給するとか言って私を抱きしめて深呼吸をしている。いつもなら抵抗するところだけど、今日はそのままにしていた。

なんでだろうね。私もメロリの手を放したくなかった。

「……シロもちゃんとお手紙書くね」

「う゛ん～、家宝にする～」

「アイドルの宝物って……ファンの人に怒られたりしない？」

それは困っちゃうような嬉しいような。半泣きのメロリに抱き締められながら、ちょっとくすぐったい気持ちでそんなことを思った。

数分後、メロリは私を下ろし溢れ出す涙を拭いた。そしてやっと馬車に乗り込もうとする。

しかしまた、新たな声がそれを遮《さえぎ》る。

「メロリ！」

「……セバス」

メロリが振り返ると、そこには走ってきたのであろう、小包みを持ち、肩で息をするセバスがいた。

「まさか！」

もしかして今からラブコメ展開が始まるの⁉　思わず声を上げちゃったよ！　でもなぜか慌てた様子のパパが私の耳を塞いできた。でもあんまりギュッとされているわけではないから声は筒抜けだ。私はパパにばれないように二人の声に集中した。

「ハア、ハア、メロリっ！　これっ！」

セバスはメロリに小包を渡した。メロリはその中身を確認してハッとする。

「……セバス！　こんなものもらえないわ‼　だって……」

「メロリにもらってほしいんだ」

「でもこれはっ……！」

一見するとこれから離れ離れになる恋人同士みたいだけど、なぜか周りの大人達はシラーッとした空気を隠さない。なんでだろう。

「――セバスの大事にしてた秘蔵グラビア雑誌たちじゃない!!」

「いいんだ、貰ってくれ。そのかわり、メロリは他国のグラビア雑誌を送ってほしい」

「セバス……」

そういうことか……

メロリが感激したようにセバスを見つめる。

「任せてセバス、あなたの思いは受け取った！」

「任せたぞ!!」

お互い手を握り合って絆を確かめ合う二人。うーん、違う方向の二人が見たかったような、これはこれでいいような……？

パパとウイリアムが呆れた顔で二人を見ている

「いいからさっさと行け」

「別にお前もついて行っていいんだよ？　セバス」

「私はウイリアム様の従者ですので」

もう取り繕っても遅いのでは？　とんだ茶番に、パパたちが早々に痺《しび》れを切らしている。パパの合図を受けて、アニがメロリを馬車に押し込んだ。超人気アイドルのメロリが荷物よりも荷物らしい扱いをされたのはこれが初めてかもしれない。歴史的瞬間を見ちゃったかも。

メロリが馬車に積み込まれ、御付きの人達がさっさと馬車の鍵を閉めた。

「それじゃあ出発します。お世話になりました」

それから、御者も挨拶をすると御者台に乗り込んだ。

メロリを乗せた馬車が動き出すと同時に、ガラッと音を立てて馬車の窓が開いた。

メロリが顔を出す。

「ほらシロ、バイバイしろ」

パパにそう促され、私はん、と返事をした。

「メロリ～！　またね～！」

メロリを乗せて離れていく馬車に向けて私はブンブンと手を振った。もちろんメロリも全力で手を振り返してくれる。

「シロちゃあああああああああん!!　また来るからねええええええええええ!!」

遠ざかる馬車の中でメロリはずっと何かを叫んでいたけど、次第にそれは聞こえなくなっていった。

……メロリ、いなくなっちゃった。一気に静かになって、なんだか胸がスカスカするような感じ……。パパがポンと私の頭に手を載せた。

「……やっと帰ったな。シロ、寂しいか？」

「ん～、まだ分かんない。でも、また来るって言ってたから……平気！」

「そうか」

パパにギュッと抱きしめられた。

「今日はお疲れ様会だな。おいしいもん食えるぞ」

「うん！　やったぁ！」

＊＊＊メロリ視点＊＊＊

馬車に揺られ、ふと気が付いた。私はシロちゃんの最後の言葉を思い出す。ずーっとアイドルって呼ばれていたけど……

「……あれ？　シロちゃん最後、私のことアイドルじゃなくてメロリって呼んだ？」

一度気が付くと、じわじわと喜びが込み上げてくる。

「んﾞんﾞ〜！　萌え!!」

特殊部隊、という武骨な面々の中で出会った小さな天使。きっと忘れることはないだろう。

私は改めて最後のシロちゃんの表情を思い出して微笑んだ。

＊＊＊ブレイク視点＊＊＊

俺はスヤスヤと寝息を立てる宝物《シロ》を見下ろす。記憶をなくしてから、初めての別れを経験した娘はやはり寂しそうな表情を隠せていなかった。

別れ……か。

嫌な言葉だ。どうしようもなく、胸を掻《か》き毟《むし》りたくなるような記憶が呼び起こされる。

昂《たかぶ》った気持ちを落ち着かせるために俺は娘の頭を撫でた。シロの前ではかっこいいパパでいたい。

折角できた友達と別れたショックによってシロが嫌な記憶を思い出さないか不安だったが、どうやらそれは杞憂だったようだ。メロリに手紙を書くのだ、と張り切っていた夕食の時を思い出す。

この子は強い。

いつの間にか体だけでなく心もきちんと強い子に育っていた。

「子供の成長ってのは早いな……」

今日の記憶も、いずれは薄れていくかもしれないがシロの糧《かて》となる。——だが、成長の糧《かて》とならない記憶もあるのだ。

最近シロが夜中に魘《うな》されることがある。俺は専門家じゃないから詳しくは分からんが、体が健康を取り戻したことで脳が記憶を呼び戻そうとしているのかもしれない。

俺はシロの両目を片手でそっと覆った。

——どうか思い出さないでくれ。

お前の辛い記憶は、俺達が背負っていくから。

シロと王都の見回り

メロリからの手紙が届くのが最近の私の楽しみになっている。さすがに毎日ではないけど、既に七通目が届いた。箱の中に入った華やかな手紙たちを眺めながら食堂に行くと、そこには特殊部隊の面々が集まっていた。

「みんな集まってどうしたの？」

パパに問いかける。

「任務が回って来てな。王都の見回りなんだが……そうだ、気晴らしにシロも行くか？」

もちろん一緒に行きたいけど、それよりも気になることがあったので私は聞き返した。

「王都の見回り？　特殊部隊が？」

「ああ、最近事件やら繁忙期やらが重なって、他の部隊がみんな出払ってるらしい。それで王都の警備が足りないからうちに御鉢が回ってきたってわけだ」

パパが私と同じように疑問符を浮かべていた皆に事情を説明した。

「ふーん。別に見回りくらいは全然いいけどね」

「俺らにまで話が回って来るなんて相当人手が足りないんだな。見回りくらい全然いいけど」

アニが何気なく呟く。

特殊部隊は基本的に荒事《あらごと》専門だ。特殊部隊の発足当時は見回りやら警備やらを任されることもあったけど、あまりにも護衛や見回りの方法が物騒で、周囲に危険が及ぶということから王都の警備の任に特殊部隊が就くことはいつしかなくなったらしい。

「まあ一週間くらいでいいとのことだから気軽に任務に当たってくれ」

「は〜い」

私とパパは一旦部屋に戻って見回りに行く準備を整えた。

「シロ、街に行くの久しぶりかも」

「……そういえばそうだったな。中々遊びに連れて行ってやれなくてすまん」

「ううん。シロはみんなといられるだけで毎日楽しいよ。何が起こるか分からないアトラクションみたいで」

「確かにな。でもシロは最近寝不足気味だろ？　もし、眠たかったらここで寝ててもいいんだぞ？」

パパの提案に私は首を横に振って答えた。

「ううん。シロだって特殊部隊の一員だもん。ちゃんと見回りするよ！」

「……そうか」

パパは私の答えに微笑み、大きな手で頭を撫でてくれた。

それから、一日目、二日目の見回りは何事もなく終わった。特殊部隊の隊員達が警邏《けいら》していたことでいつもより犯罪件数も少なかったらしい。

実力者だが変わり者や問題児揃いということで、特殊部隊は有名だ。メロリのライブの護衛の件もあり、特殊部隊の隊服も知れ渡っている。そんな特殊部隊が街の見回りをしているため、重大な犯罪者を探していると市民たちに誤解が広まったのだという。それゆえ善良な者はガードを固くし、犯罪に携わる者は行動を控えた結果王都の治安は著《いちじる》しく改善した。

だけど三日、四日と特殊部隊の見回りが続けばみんな慣れてくる。

五日目になると犯罪者の確保件数も徐々に元に戻ってきていた。暇を持て余した特殊部隊のメンバー達が本気を出して犯罪者を狩り始めたというのが正しいかもしれないけど。

「悪い、シロ！　ちょっと行ってくる。お腹が減ったらアニとシリルとちゃんと昼を食べるんだぞ！」

「分かったー」

私はパパを見送り、手を振る。ついていきたいな、と思ったが危ないからと言って許してくれなかった。

「おらー!!　待てやぁ!!」

アニとシリルがスリの犯人を追いかけて街中を走っている。だけど人が多いので上手くスピードを出せていない。その点スリは慣れたもので人の間を縫ってスルスルと逃げていく。

「邪魔だなぁ。ほいっ」

「え⁉　シリルお前何やってんの⁉」

シリルは腰のベルトに引っさげていた手榴弾のうちの一つを取り、ピンを抜いて前方に投げた。

一瞬の沈黙の後悲鳴が上がり街を歩く人たちが左右に分かれる。シリルがにっこりと微笑んだ。

「よし、今のうちに行こうアニ」

手を引かれ、二人が道を走り出す。シリルの投げた爆弾はいつまで経っても爆発しない。シリルはにっこりと笑って言った。

「あ、街の皆さーん、その爆弾は中身がからっぽで爆発しないから大丈夫だよ～！」

後方に向けてシリルが大声でそう言う。そんなシリルと並走しているアニがポカンとした顔でシリルと見ている。シリルがその視線に気が付き、怪訝《けげん》な顔つきになった。

「何？」

「シリルお前、そんなこともできるようになったんだな。少し前のシリルなら邪魔だからって容赦なく街ごと爆破してただろうに……」

「ふふん、僕も日々成長してるんだよっと。はい確保～」

道が開ければスリなど二人の敵ではない。会話交じりに追いつかれたスリはあっという間に捕獲され、詰所の方に連行されていった。すごいね、二人とも。

うーん、なんだかシリルの目がキラキラしてたから、邪魔するのは申し訳ない。

どうしようかなあと思っていると、お腹がぐうと鳴った。お昼ぐらいは一人で食べてもいいよね？

「おじさ～ん。串焼き二つちょうだい」

「あいよ！」

今日もお気に入りの串焼き屋台に肉の串焼きを頼みにいく。この任務に就いてから毎日通っているから、すっかり屋台のおじさんとは顔見知りになっていた。

「ほいよシロちゃん」

「ありがとう！」

串焼き肉を受け取り、私は早速かぶりついた。アツアツのお肉にタレのしょっぱさがしっかり効いていて、やっぱり何度食べてもおいしい。私がお肉を食べ始めると屋台にはどんどん人が集まってきた。

「はは、シロちゃんのおかげで今日も大繁盛だ。もう一本食ってくか？」

「食べる！」

人が寄って来るのはおじさんの串焼き肉がおいしいからだと思うけど……早々に一本を食べきってしまった私は喜んでおかわりを受け取った。

「シロちゃん、お父さんは今日一緒じゃないのか？」

「うん。さっきそこで詐欺師のグループを見つけたらしくて追いかけていっちゃった。ほんとは他の特殊部隊隊員とごはんに行きなさいって言われたけど、みんな忙しそうだから」

やっぱりまずかったかな。でも、私だって今回の任務でちょこちょこと犯罪の検挙に貢献してはいるし、少しずつパパと離れても平気になっている。

だから大丈夫だよね、と顔を上げた時だった。微かな声のようなものが聞こえた。

思わず辺りを見回すが、何もない。

「どうしたシロちゃん」

「おじさん、今何か聞こえなかった⁉」

「何かって……なんだ？」

おじさんが首を傾げる。

そっか、思わず聞いてしまったけど、おじさんには聞こえなかったのかもしれない。王都の昼は賑《にぎ》わっていて、常に音で溢れ返っている。今、私に聞こえたのは微かな、幼い子供の声だった。

もう一度、耳をよく澄ます。

——て……。——けて……

もしかして、助けてって言ってる……？

私は思わず立ち上がった。

「おじさんごちそうさま！　もう行くね！」

「お、おう。ちゃんと保護者と合流するんだぞ～！」

「は～い！」

ごめんおじさん……！

保護者と合流していたら間に合わない。理屈じゃなくて、直感がそう言っていた。

助けを求める幼い声はどんどんこの周辺——王都の中心から離れていく。もしかしたら連れ去られている最中なのかもしれない。

私は声のする方へ全力で走った。


気付けば王都の端の寂《さび》れた細道に辿りついていた。子供の声はもう聞こえなくなっちゃったけど、この辺にいることは間違いない。声が聞こえないということは、どこか室内に入ったのかもしれない。人の気配を辿りながら人気のない路地を歩き回る。

すると、幼い気配が固まっている家を発見した。

それは寂れた二階建ての大きな建物だった。窓は木の板で塞がれていて、家の中を窺うことはできない。怪しい、と思うと同時にさすがにパパやアニたちに報告するべきなんじゃないか、という気持ちになる。今、誰も私がここにいることを知らないのだ。

「……どうしよう」

入口の近くで息をひそめていると、家の中から再び、微かな泣き声が聞こえてきた。

今、もし傷ついている子がいると思ったら、じっとしていることはできなかった。ドアノブを握ると驚くほどあっさりと扉は開いた。

幸い建物の中には子供の気配しかない。大人は席を外しているだけかもしれないから素早く中に侵入する。

そのまま難なく子供達がいると思われる二階の部屋に辿りついた。

部屋の扉にも鍵がかかっていたけど、アニとシリルに渡されていたキーピックが役に立った。扉を開く。こっそりと開けたつもりだったけど立て付けの悪い扉はギギギッと微かに音を立ててしまう。

「！」

部屋の中の光景に私は顔をしかめた。

そこには私と同じくらいの年齢から、十歳くらいまでの年齢の子供が五人いた。最年長に見える少年以外は、皆泣きはらした顔でうずくまっている。

皆両手両足を縛られ、中には殴られたような跡がある子もいた。

この惨状から察するに、ここにいるのは誘拐された子供だろう。そうじゃなくても彼らを保護しなきゃいけない環境なのは間違いない。

ここからはスピード勝負だ。この誘拐犯が、単独犯か複数犯かは分からないけど、犯人が帰って来るまでに子供達を逃がしたい。

「だ、だれ……？」

「しーっ、大丈夫だからね。静かにしててね……！」

縄が外れた子供がこちらを見て、一瞬目を見開く。私は人差し指で静かに、と言ってから、腰に提げていた短剣で子供達を拘束していた縄を素早く切っていった。

きつく縛られていて、縄を切るのにも注意がいる。汗が目に入るのを拭った。

最後の一人……！

唯一泣いていなかった最年長の子の縄に取り掛かる。その子の縄は、自分で緩めていたのか切りやすかった。すべての縄を切り終えて、まだ呆然としている子供たちの背中を押す。

「見張りがいない今のうちだよ。走って！」

「うん……！」

子供たちは頷き、出口の方へ走っていった。周囲に誘拐犯らしき気配はまだ戻ってきていない。

ほっと胸をなでおろす。だけど同時に、一瞬の不安が胸をよぎった。

……誘拐をするのにこんな杜撰《ずさん》な状態にするものだろうか。

でも、助けられたならそれでいいか、と私も出口に向かおうとした時だった。縄を切ったはずの最年長らしき少年がまだ部屋に残っている。

もしかして見えない部分に傷でもあった⁉　手を貸そう、としゃがみこむ。

「あなたも早く――」

「……困るんだよなぁ。逃げられちゃうと。まあ、でも君一人でお釣りは来そうだね」

「え？」

低い呟きが耳に届いた。

ドゴッ！　という鈍い音と共に何かが横なぎに一閃する。

「うっ‼」

咄嗟《とっさ》に鞘《さや》に戻した短剣で受け止めたが、勢いを殺しきれず、私は部屋の壁に背中を打ち付けた。

――いたい……！

少年はいつの間にか金属でできた棒のようなものを持っていた。その力は少年の細い肢体から繰り出されたとは思えないほど強い。

こうなれば答えは一つ――

まさか誘拐された子供の中に見張りが紛れ込んでたなんて……！

いまだに痺《しび》れる手でナイフを持ち直し、少年を見上げる。少年は感心したような声で言った。

「あれ？　さすがにその細い腕で受け止められるとは思わなかったな。もしかして君、成功したお仲間？」

仲間？　なんのこと……？

よく分からないまま。私はすぐに体勢を立て直し、短剣を構えた。その間、少年は首から提げていた笛のようなものを吹いていた。

私が剣を構えても少年は余裕そうな態度を崩さない。

「困ったなぁ。僕、お仲間には優しくする主義なんだけど。――ってその白い髪と赤い瞳、もしかして僕の部下を捕まえてくれちゃった子かな？」

初めて街に出た時に声を掛けてきた誘拐犯のことだろうか。肯定も否定もしなかったが、少年はうんうんと頷いた。

「そんな髪と目の子供なんて滅多にいないもんね。うん、それなら手加減はいらないや」

「!?」

一瞬で距離が詰まる。驚くほどの速度で少年が金属の棒を再び振りぬく。

今度は両手に力を込めて、それを受け止めた。ギリギリのところで棒を弾く。

「すごいね。これにも反応できるんだ。君も変異が大きいんだね」

「つなんのことか分からないけど！　私、お前きらい!!」

変異という言葉に頭痛が走る。痛みに一瞬気を取られたが、少年に向けて力いっぱい鞘《さや》ごと短剣を振るった。

「っ！」

立場が逆転し、少年の方が壁に追いやられる。振りぬいた鞘《さや》の先が少年の額を掠った。

少年が額を押さえた隙に一階に走る。逃げなければ、そしてパパ達に伝えないと――

それに少年の仲間が近くにいないとも限らない。逃げ出した子供達は大丈夫だろうか。

一階に下りると、誘拐されていた子の一人が隅で座り込んでいた。

それ以上怖くて走れなかったのか、それとも傷が痛んだのか。一瞬迷って、その子を背負おうとした時。

「クソッ！」

背後から苛立った少年の声が聞こえた。振り向くと、もうヤケクソになったのか、少年が金属の棒をこちらに投げつけた。シュルシュルと音を立てて金属の棒が降ってくる。

「危ない！」

人よりも力の強い私も吹っ飛ばす程の力で投げられたのだ。

普通の子に当たったら死んじゃう……！

そう思ったら、無意識に体が動いた。

——おかしいな。こんな見ず知らずの子を守るなんて。私ってばそんなにいい子だったっけ……？

背中に熱い衝撃を感じながらそんなことを思った。

——そっか、自分と重ねちゃったんだ。ずっと誰かに助けてほしいと思ってた頃のしろと……

投げられた金属の棒をガードもできずに背中で受け、うずくまる。

痛《いった》い——!!

背中が焼けるように熱い。涙がこぼれそうだけどグッと堪《こら》える。あいつは今武器を手放したから、倒すなら今がチャンス……！

私は全身の力を振り絞って起き上がった。短剣を握りしめ、しっかりと構える。

すると武器もなく不利な状況にもかかわらず、少年はニッと口角を歪めた。奇妙な余裕に寒気がする。

まさかと思い耳を澄ますと、ガヤガヤとした声と共に集団の足音が近付いてきているのが分かった。もしかしてさっきの笛は——！

「——珍しいっすね。お頭が俺らに救援信号送るの。いつもは自分一人でやって報酬も一人でがっぽり持ってくのに」

その野太い声に、パパ達かもしれないという甘い期待は打ち砕かれた。やっぱり、さっきの笛で仲間を呼んでたんだ。

「今回はちょっとイレギュラーが発生してね。でも、念のためお前達を呼んでおいてよかったみたいだ」

振り向くと、武器を持ったガラの悪い男達が入り口を塞いでいた。私の後ろには逃げ切れなかった子が一人。

「パパ……」

絶望的な状況の中、私は無意識にパパに助けを求めていた。

＊＊＊ブレイク視点＊＊＊

「――シロが来てない？」

「はい。隊長と一緒じゃないんですか？　こっちには来てませんよ」

ようやく一段落つき、娘と昼食を食べようとシロを捜したが、どこにもいない。聞くと特殊部隊の誰の所にも来ていないという。

一人で屋台巡りでもしているのだろうとは思うが、なぜか胸が酷くざわついた。

「シロ……？」

皆でシロを捜しに行こうとなった時、街がにわかに騒がしくなった。どこからか悲鳴まで聞こえてくる。

また事件か？　クソッ、こっちはそれどころじゃないってのに！

内心歯噛みした瞬間——

「ガウッ！」

銀狼が目の前に飛び出してきた。

「エンペラー？　お前、どうしてこんな所に……」

騒ぎの原因はエンペラーだったようだ。街中に狼が現れたことで人々は軽くパニックになっている。こんな事態を防ぐためにエンペラーは留守番の予定だった。エンペラーもシロの願いに了承してるように見えた。

シロの不在とエンペラーの出現に関係があるのか迷っているとエンペラーが俺を見つめ、勢いよく尾を振った。

「ガウッ！」

「もしかして、ついて来いって言ってるのか？」

「ガウッ！」

エンペラーが大きく吠《ほ》える。それは俺の言葉を肯定しているようだった。

「分かった。お前ら、最低限の人数を残して、俺についてこい」

「「はいっ！」」

俺はエンペラーの第六感を信じてついて行くことにした。そして後に、この時の自分の判断を褒め称えることになる。

エンペラーが俺達を連れて来たのは城下町の端、王都の中でもかなり寂れた場所だった。賑《にぎ》わいもなく静かなその場所で、俺達は泣きじゃくる子供達に遭遇した。手首には縄で縛られたような痕がある。

「ヒック……！　たすけて……！」

「まだふたり、あそこにのこってるの……！」

「おねえちゃんがたすけてくれたのに、ヒック、おいてきちゃった……！」

その言葉を聞いた瞬間、俺とエンペラーは駆け出した。部下に子供達の保護を任せて。

誘拐された子供を助けられる『おねえちゃん』なんて一人しかいない。

「シロ――！」

＊　＊　＊

向かってくる男達を一人ずつ倒していく。入り口が狭く、一人ずつしか入ってこられないのは幸いだった。あの少年はまだ頭へのダメージが抜けきっていないのか、階段に座って静観の構えだ。仲間が来たことで冷静さを取り戻したのか、薄ら寒い笑顔なのが値踏みされてるみたいで気持ち悪い。やっぱりあいつ嫌い！

「おいお頭！　このガキ段違いに強えじゃねぇか！　もう半分くれぇやられてんぞ！」

「そりゃそうだよ。その子は僕と同じ『変異種』だもん。僕の一撃をもろにくらってこれだよ？

いやぁ、どれだけ高値になるんだろうね」

気持ち悪い会話を横目に、私は目の前の男に蹴りを食らわせる。背中が呼吸もできないくらい痛むけどグッと堪《こら》える。

「――――っ！」

まだ男達は十人ほど残ってる。

……パパ、パパの所に帰りたいよ。早くパパに会いたい……

「――パパ……」

思わず呟きが零れ落ちる。

「――――ろ!!」

「……え？」

その瞬間、声が、聞こえた気がした。

ガッシャアアアン!!

「!?」

「シロ！」

「ガウッ！」

壁の一部が破壊され、そこからパパとエンペラーが突入してきた。

「パパ……エンペラーも……！」

「シロはその子の側にいろ」

「うん！」

私は逃げ遅れちゃった子の側でしゃがんだ。

パパとエンペラーが男達をみるみるうちに倒していく。まるで赤子でも相手にしているかのように私が苦戦していた男たちが倒れていく。ここからは見えないけど、外でも特殊部隊の誰かが戦っているみたいだ。

しかし、ふと階段の方を見ると、そこに少年がいない。もしかして、パパ達が来た瞬間隠れた？だとしたらパパ達は少年の存在に気付いてないんじゃ……！

注意を促そうと振り向く。

「パパっ――！」

「ざんねーん。狙いは君の方だよ」

「!?」

その時、突然現れた気配に心臓が浮き上がる。

「油断して観察に夢中になっちゃった僕がいけないんだけど。これじゃあ採算が合わないから君だけは持ち帰らせてもらうよ」

そう言いつつも少年が狙ったのはもう一人の子供の方だった。私は咄嗟《とっさ》に二人の間に入る。そして少年の蹴りを両腕で受け止める。そしてその衝撃で私は倒れ、床に頭を打ち付けた。少年がしたり顔で言う。

「ほら庇《かば》った。――――!?」

少年から余裕の笑みが消えた。そしてお腹を押さえて蹲《うずくま》る。今、私は両腕で蹴りを受け止めると同時に、少年の無防備なお腹に逆に蹴りを入れておいた。

ふっふっふ、私だって毎回ただ庇《かば》うだけじゃないのだ。

それでも少年はすぐに立ち上がったけど、既に少年の後ろには男達を全員倒し終えたパパがいる。

パパは目にもとまらぬ速さで少年に蹴りかかった。少年が一直線に壁へと飛んでいく。

私とは威力が桁違《けたちが》いのパパの蹴りで、壁に衝突した少年はすぐには起き上がれない。

そこからはすぐに決着がつくかと思ったけど、予想外に少年はしぶとかった。だけどパパが誰かに負けるはずがない。

一瞬にも数時間にも感じた攻防の後、パパが少年を抑え込み、縄をかけた。その光景を見た瞬間、安堵した私の全身から力が抜けた。そして、今まで忘れていた痛みがぶり返してきた。

激痛がじんわりと体を侵食してくる。

「シロ……？　シロ!!」

パパが心配そうにしてる……。なんかこたえなきゃ……

そうは思っても私には口を動かす力すら残っておらず、パパの呼びかけに答えることはできなかった――

＊＊＊ブレイク視点＊＊＊

「……シロ……」

俺は王城の病室で眠り続ける娘を見下ろした。シロの意識は、少年と対峙したときからまだ戻っていない。最悪の気分だ。

ガラリと扉が開き、病室にエルヴィスが入ってきた。

「酷い顔色ですよ隊長。少しは寝たらどうですか？」

顔色が悪いことは自分でも分かっている。シロが運び込まれてから一睡もしていないのだ。俺の目の下にはくっきりとした隈《くま》が浮かび上がっていることだろう。

だがそれでも俺は眠らない。否、眠れないのだ。ベッドに横になっても眠り方を忘れてしまったかのように意識は冴えるばかりで、一向に眠気はやってこない。

俺は僅かに首を振ることでエルヴィスに答えた。

「……奴らは」

「あの少年をトップとした誘拐犯の一味は全員捕まえました。今はシリルが取り調べをしています。アニとクロは使い物になりませんからね」

シロが目を覚まさないことでアニとクロは完全に抜け殻状態になっていた。俺も人のことは言えないが。

「あの少年の拘束だけは特に厳重にしろよ。あいつはシロにお仲間だと言ったらしいからな」

「分かってますよ。あいつだけは逃がしません」

そう言ったエルヴィスの瞳には確かに怒りの焔《ほのお》が灯っていた。その場で殺さなかっただけ温情だ、と表情が物語る。俺は頷き、他の懸念について尋ねた。

「誘拐された子供達は？」

「きちんと親元に帰しました」

「……そうか」

その報告に、俺は複雑な気持ちを抱きつつも安堵した。


エルヴィスが退室した後、だらんと力の抜けたシロの手を握り、自分の額に当てた。怪我の影響で高熱が出ているせいか、シロの小さな手は熱を持っている。

シロはあれから三日間目を覚ましていない。時折魘《うな》されているが、一度も意識を取り戻すことはなかった。

シロは夢を見ているのか、偶に寝言を口にする。寝言の中にはシロがいた研究所のことを思わせる単語が混ざっていた。

――もしかしたら、この状態から目を覚ましたら、シロは記憶を思い出すかもしれない。どこかそんな予感があった。

魘《うな》されるシロの手を強く握りしめる。こんなことしかできない自分を歯痒く思いながら。

シロと昔の記憶

体が熱くて頭も痛い。私の前でばらばらとアルバムのページをめくるように、記憶が蘇る。その光景がまざまざと目の前に現れる。始まりだけが温かくて優しい記憶——

まだ私が話せなかった頃はたくさんのお兄ちゃん達がいて、よく私を構ってくれていた。

私を番号ではなく、それをもじった『しろ』って名前を付けてくれた。

撫でられるたび、嬉しくなってキャッキャと笑った。するとみんなが私の顔を覗き込む。

「……かわいいな」

「こりゃかなわないな」

そう言ってみんなが笑い合っていた。その時は確かに幸せだった。

次に目の前に現れたのは、真っ白な壁。研究所の壁だ。

「46番！　解くのが遅いぞ!!」

顔を見せない研究員たちに怒鳴られる日々。私達、実験体は日々問題を解かされていた。私は他の子達よりも解くのが遅くて怒鳴られた。手を止めれば叱責が飛んでくる。いつしか私に優しくしてくれていた人達はどこかへ消えていた。

「46番！　遅い！」

勉強の次は運動をさせられた。剣を振るい、目の前の何かを斬る。『それ』が赤く染まるたびに、私の手は怖くて止まってしまう。そこでも私の成績は最下位だった。

夜になるとそれぞれ自室に帰される。

成績の良し悪しで待遇は変わるので、私の今の扱いは最悪だ。部屋は狭くて寒いし、ごはんをもらえない日もある。でも、私はこれからも成績を上げる気はなかった。

それは幼い私なりの策略だった。

大切にされている『できる子』よりも、期待されない『失敗作』の方が、警戒が薄れてそのうち外に出られるかもしれない。外に出られれば、あの人たちに会えるかもしれない。もはや顔も覚えていないけど、あの人達に会えればまた幸せになれるかもしれない、そう思っていた。


記憶のページがめくられる。

数年が経ち、私は施設から出られていなかった。いつしか私の髪はストレスで白くなってしまった。だけど、それでも私は外に出るのを諦める気はなかった。

そしていよいよ心身共に限界に差し掛かりそうになったある日。訓練の中で、外に出られる機会があった。これしかないと思った。ある程度体を自在に扱えるので、確認される時だけ脈を止めた。あとは祈るだけだった。今まで研究所で死人が出たことはないので扱いに困ることは分かっていたのだ。やがて、『失敗作』という声とともに、足音が遠ざかり、私は賭けに勝ったことを知った。

ただ、一つ誤算だったのは私が予想以上に衰弱してしまったことだ。

出口も分からない森の中を歩く体力はない。というか起き上がることもできなかった。

そんな絶望的な状況の中で、私は誰かに抱き上げられた。

「意識はあるか？」

「……ぅ……」

答えようと思ったけど上手く声が出ない。

男の人がなんか言っている。本気で私を心配する声だ。

その声にどこか聞き覚えがある気がして、うっすらと目を開ける。

「しろ……!!」

——うん、もう大丈夫。大丈夫だよ。

これから私はきっと、幸せになれる。

そう思ったのを最後に、私は全てを忘れてしまったのだ。


「——シロ……シロ！」

「…………ぱぱ……？」

パパの声で私は目を覚ました。瞬《まばた》きをすると涙が零れた。なんだろう。なにか違和感がある。知らない記憶が私の中にある……？　違う、これは……

――私の、被検体46番の記憶。

また頭がひどく痛み出した。ぶつけた痛さじゃない。もっと内側からの痛み……！

「シロッ⁉」

私は身を乗り出してくるパパの袖を掴んだ。

「ぱぱ、しろは思い出したよ。ぜんぶ、おもいだしたの……」

「⁉」

私のその言葉になぜかパパはショックを受けたような顔をする。その理由も聞けぬまま、私は再び深い眠りに落ちていった。


それから、私は起きては寝て、寝ては起きての生活をひたすら繰り返した。

大怪我をした体もだけど、心の方も休息を必要としていたのだ。

私の過去は五歳児が背負うにはあまりにも重かったのだろう。目を覚ます度に何度も泣いたり、自分が自分じゃないような気がして、叫びたくなったりした。でもその度にみんなが「大丈夫だよ」と言って抱きしめてくれた。

そんなみんなのおかげで一か月もする頃には、怪我の影響はまだ少しあるものの、いつも通り話すことができるようになった。

そして今日だ。約一か月振りに特殊部隊の隊舎に帰って来るとみんなから熱烈なお出迎えを受けた。アニなんかは号泣している。

「シロちゃあああああん!!」

「えへへ、ただいまアニ」

その後はみんなにギュウギュウ抱きしめられ、揉みくちゃにされて一日が終わってしまった。でもなんか帰ってきたって感じがして嬉しかった。

今日はよく眠れそう。

＊＊＊ブレイク視点＊＊＊

シロが隊舎に帰ってきた日の夜、俺はウイリアムとセバスを執務室に呼び出した。

「どうしたんですか隊長、俺達を呼び出すなんて珍しいですね」

「てか初じゃないっすか?」

最近セバスは猫をかぶらない。キャラの強い人が多いのでどうでもよくなったのだろう。

「ウイリアムとセバスも特殊部隊に慣れてきたことだし、ちょっと俺の昔話をしておこうと思ってな」

「?」

二人ともなんの話をされるのか見当がつかないという顔をしている。

「ん～どっから話すかな～。お前達がくる前にシロが実験体にされてた組織を潰した話は知ってるよな」

「はい、でもそれと隊長の昔話になんの関係があるんですか？」

「――被検体番号００９、それが俺に与えられた名前だった」

「「！」」

二人がハッと息をのんだ。

「お前らも俺やシロ達の身体能力がおかしいことに気付いてただろ？」

「はい、それは」

「まぁ」

「表向きには天才を作る実験ということになっているが、俺達がされていたのは人間の変異種を作る実験だ。――お前達二人以外の特殊部隊のメンバーは全員、その組織の実験体だったんだ」


その日、俺達は初めて赤ん坊を見た。

「被検体番号46番だ」

「……小さいな」

研究員から赤ん坊を受け取って抱いた。

俺達はそこそこ育った後に素質を見出されてこの組織に引き取られたり攫《さら》われたりしてきた。そこでひたすらデータを取られ、英才教育を施される。どんな基準かは分からないが、俺達は数字とアルファベットで管理されている。

46番は初めて研究所で生まれた子供だった。

「だ～う、だ～」

腕の中で無垢な赤ん坊が俺に向けて手を伸ばす。一緒にいたLが話し掛けてきた。

「なんか最初から名前がないのって可哀想じゃないか？」

「そうだな」

「俺らでつけてあげようよ」

「じゃあしろだな。46から取って」

「単純だな～」

「しろ～」

人差し指でしろの頬をつつくと、しろは小さな手で俺の人差し指を握りしめて笑った。

こうして、しろは俺達の癒しになった。


俺達はずっと研究所に閉じ込められているわけではない。ある程度育ったら国の中枢に働きに出されるのだ。この国は割と実力至上主義だから貴族じゃなくても努力と実力次第で上にいける。そうして国の上層部に自分達の子飼いを潜り込ませて国を牛耳ろうというのがこの組織の目的らしい。自分たちの言うことを聞くように洗脳教育もされている。まあ、誰一人かかってはいなかったが。後々都合がいいので洗脳されたフリをしている。そもそもただの人間と俺らでは頭の作りが違うからな。

俺も去年から騎士団に入った。誰も俺の誕生日を知るやつなんていないから年齢は適当だが、騎士団は実力があれば入れるので問題ない。

俺達は騎士団の中でなんとか殿下とコンタクトをとった。殿下は賢く、その組織の存在を知っていたからだ。彼は俺が組織に立ち向かう大義名分として部隊の設立を約束してくれた。そして、着々と組織を潰す準備を整えていった。組織にバレないように慎重に、慎重に。

だが、運命はそんな俺達の努力を嘲笑った。

ある日、俺達が研究所に帰ると組織の人間、そしてしろがいなかった。俺達の計画はバレていたのだ。

俺達と同じように連れてこられた、まだ働きに出られない年の子供はなぜか残されていた。しろだけが連れていかれたのだ。

それからは子供の被験者を親元へ帰したり、信頼できる先へ養子に出した。きっと普通の暮らしをさせてくれるだろう。

そして俺は殿下の協力のもと、元被験者の中から希望者を募った。組織を潰し、しろを取り戻すのに協力してくれるメンバーを。

こうして集まった奴らで作られた部隊は『特殊部隊』と名付けられた。そして数年後、ついに俺達は悲願を果たすことになる。

深い森の地下に作られた研究所に突入する前にボロボロになった少女を拾った。赤ん坊の時の姿しか知らなかったから、その時はその少女がしろだとは思いもしなかったが直感で分かっていたのだろう、俺は少女を自分で引き取ることしか考えてなかった。子供はしろしか考えられなかったから結婚もしないいし、子供もいらんと言っていたのでエルヴィスには不思議がられた。だが、後に少女が確かにしろだと判明するとエルヴィスは納得していた。「隊長の勘はすごいですね」という言葉を添えて。

組織を潰した後の事情聴取で、この少女が死んだと思われて森に捨てられたと聞いた時には怒りが湧いた。そして資料などを押収した結果少女がしろだと分かり、さらに激怒した。

しろの後に生まれた子供達は、能力は高かったが皆普通の人間だった。ちょっとずつ資料室に忍び込んでデータを改ざんしていたのがよかったのかもしれない。普通の人間でも徹底的に英才教育を施されたら能力も高くなるだろう。

幸い子供達の数は少なく、今は子供が欲しい夫婦の元に養子に出されて幸せに暮らしている。

そして殿下に預けた組織の人間は法律に従って適切な処分が下されたのだった。

「……とまぁ、こんな感じか？」

「軽いっすね」

努めて軽い感じで話を締めると、セバスからツッコミが飛んできた。

「まぁつまりこんな感じで特殊部隊ができたんだっていう経緯と、お前らが俺らより身体的に劣ってるのはしょうがないから気にすんなって言いたかっただけだ」

実際気にしていたのだろう、二人共図星を突かれた顔をしている。

「お前たちはよく頑張ってるよ」

わっしわっしと二人の頭を撫でる。ちょっと照れくさそうだが満更でもなさそうだ。シロが回復して俺もようやく周りを見る余裕が出てきたのだ。隊長としては情けないことだがな。

それから少し思案するような様子を見せ、ウイリアムが俺に質問した。

「あの、もしかしてこの間捕えた誘拐犯の長も隊長達と同じ研究所の変異種なんですか？」

「いや、あいつは研究所には全く関係ない、極々自然に生まれて運よく研究所にも見つからなかった変異種だ。だから同情することはないぞ。あれはただ力に酔ったバカだからな」

俺がそう言うと二人はホッとしたようだった。

「……あと一つ質問いいですか？」

ウイリアムがおずおずと聞いてくる。

「なんだ？」

「シロに自分達のことを打ち明ける気はないんですか？」

「ない」

「なぜっ……！」

痛い所を突いてくるなコイツ。やるせないといった様子のウイリアムに俺は努めて冷静に答えた。

「俺達は結果的にしろをあの地獄に置いてけぼりにしたバカ野郎だ。そんな俺達がしろの希望だった『あの人達』だなんて、恥ずかしくて言えねぇよ」

この一か月間でしろがどれほど『あの人達』に希望を見出していたか、俺達は知ってしまった。

「――まあ用事はこれだけだ。俺は自分の部屋に帰る」

そう言って俺は一番に部屋を出た。

さあ、愛娘《まなむすめ》の元に帰ろう。

＊＊＊

久しぶりに帰ってきた特殊部隊の隊舎の前で私はエンペラーの頬を挟み、ガシガシと撫でる。

「うしゃうしゃ～！　エンペラーお散歩行こうねぇ」

「ガウッ！」

エンペラーは千切れてしまいそうなくらい尻尾を振っている。

病院には動物が入ることが出来ないため、エンペラーとはずっと会えていなかったのだ。

今日が本当に久々の散歩ということになる。エンペラーの喜びが最高潮になっているのが目に見えて分かった。

「じゃあ行こっかエンペラー」

「ガウッ！」

そして歩き出した私とエンペラーの後をみんながゾロゾロとついてきた。

「……なんでみんなついてくるの？」

「え～？　だって俺達だってシロちゃんとお散歩行きたいし。いつも隊長だけズルいじゃん」

「俺は父親なんだから当たり前だ」

「そんなこと言ったら俺達だってシロちゃんのお兄ちゃんだし！」

アニとパパの言い合いをＢＧＭに私達は歩き出した。エンペラーのために今日はちょっと長く散歩をしてあげよう。


しばらく歩き、私達は近くの丘まで来た。

「俺達はここで見てるから、シロはエンペラーと遊んできていいぞ。あまり遠くには行くなよ」

「こんな大勢に見守られて遊ぶのもなぁ……」

今この場には特殊部隊全員＋殿下が集まっている。中々の人数だ。

そうだ、遊びに行く前に——

「？　どうしたシロ？」

私はギュッとパパに抱き着いた。

「パパ、今回のことは軽率な行動をしたシロとあいつらが悪いんだから。パパは何も悪くないんだからね！」

パパが何やら自分のことを責めているのはなんとなく感じていた。パパは何も悪くないんだから
その誤解だけは解いておかねば。

「あのね、パパは何も悪くないんだよ。パパはシロのパパでいるだけでいいの。それで全部が許されるの。えっと、あのね、私、ずっとパパのこと大好きだよ！　パパがパパでよかったってずっと

思ってたの！」

「――っ」

「？」

ポタッと頬に雫が当たったと思ったら、ギュウウウッとパパに抱き締められていた。雨かな。これからエンペラーと遊ぶのに……

そう思って上を見上げたけど、空は雲一つない晴天だった。……あれ？

私が首を傾げていると、ややあってパパが私の肩から顔を上げた。

「ありがとうシロ。パパもシロが娘でよかった」

そう言って幸せそうに微笑むパパの顔が、記憶の中にいる誰かと重なった気がした。

誰だったっけ？　と思い出す暇もなくパパに声を掛けられる。

「ほら、エンペラーが待ちくたびれてるぞ。早く行ってやれ」

「あ、うん！」

パパに促されて私はエンペラーのもとへと向かった。今日は思う存分遊んであげるんだ！

そして、パパ達は丘の上を駆けずり回る私達をずっと、ずっと見守っていた。

『やっと、幸せになれたね』

――うん。

耳元で、誰かの声が聞こえた気がした。

新＊感＊覚　ファンタジー！

Regina レジーナブックス

運命など、ぶっ壊しますわ!

推しに婚約破棄されたので
神への復讐に
目覚めようと思います

風見《かざみ》くのえ
イラスト：天城望

前世の記憶がある公爵令嬢フルールは、ここが乙女ゲームの世界で自分が悪役令嬢だと知っていた。ゲームのシナリオ通りならば、いずれ婚約者のリュークに振られてしまう……それでも、前世の推しでもあった彼の幸せを願い、彼女は彼のよきパートナーになろうと努力する。ところが、ゲームの『強制力』は強く、リュークはかなり不自然な態度でフルールを嫌い始める！　こんな理不尽な力は許せない！　彼女は『強制力』に抗い始め!?

詳しくは公式サイトにてご確認ください。

https://www.regina-books.com/

携帯サイトはこちらから！

LEAVE ME ALONE!
ほっといて下さい
従魔とチートライフ楽しみたい!
1
原作 三園七詩
Nanashi Misono
漫画 鳴希りお
Rio Naruki
RC
Regina COMICS
大好評発売中!
超人気作、待望のコミカライズ!
伝説のもふもふお供に
愛され幼女、異世界満喫中!?
OLのミヅキは、目が覚めると見知らぬ森にいた——なぜか幼女の姿で。どうやら異世界に転生してしまったらしく困り果てるミヅキだったが、伝説級の魔獣フェンリルに敏腕A級冒険者と、なぜだか次々に心強い味方——もとい信奉者が増えていき……!?
無自覚チートな愛され幼女のほのぼのファンタジー、待望のコミカライズ!
アルファポリス 漫画
検索
Webにて好評連載中!
B6判/定価:748円(10%税込) ISBN:978-4-434-29634-5

この作品に対する皆様のご意見・ご感想をお待ちしております。

おハガキ・お手紙は以下の宛先にお送りください。

【宛先】

〒150-6008 東京都渋谷区恵比寿4-20-3 恵比寿ｶﾞｰﾃﾞﾝﾌﾟﾚｲｽﾀﾜｰ 8F
（株）アルファポリス　書籍感想係

メールフォームでのご意見・ご感想は右のＱＲコードから、
あるいは以下のワードで検索をかけてください。

アルファポリス　書籍の感想　検索

ご感想はこちらから

本書は、「アルファポリス」（https://www.alphapolis.co.jp/）に掲載されていたものを、
改稿、加筆のうえ、書籍化したものです。

天才《てんさい》になるはずだった幼女《ようじょ》は最強《さいきょう》パパに溺愛《できあい》される

雪野ゆきの（ゆきのゆきの）

2021年 12月 5日初版発行

編集－古屋日菜子・森順子
編集長－倉持真理
発行者－梶本雄介
発行所－株式会社アルファポリス
〒150-6008 東京都渋谷区恵比寿4-20-3 恵比寿ｶﾞｰﾃﾞﾝﾌﾟﾚｲｽﾀﾜｰ8F
TEL 03-6277-1601（営業） 03-6277-1602（編集）
URL https://www.alphapolis.co.jp/
発売元－株式会社星雲社（共同出版社・流通責任出版社）
〒112-0005 東京都文京区水道1-3-30
TEL 03-3868-3275
装丁・本文イラスト－くろでこ
装丁デザイン－AFTERGLOW
（レーベルフォーマットデザイン―ansyyqdesign）
印刷－中央精版印刷株式会社

価格はカバーに表示されてあります。

落丁乱丁の場合はアルファポリスまでご連絡ください。

送料は小社負担でお取り替えします。


ISBN978-4-434-29642-0 C0093